パール文庫

馬賊の唄

芙蓉 著

JN311487

真珠書院

目次

第一回

一　落日紅き万里の長城

絶域花はまれながら
平蕪《へいぶ》の緑今深し
春乾坤《けんこん》にめぐりては
霞まぬ空もなかりけり

いずこともなく朗々たる歌の声が聞える。小手をかざして眺めやれば、落日低く雲淡く辺土の山々は空しく暮色に包まれようとしている。

夕陽の光は大陸の山河を紅にそめて、名も長城の破壁を淋しく彩った。霞こめた紫色の大空には、姿は見えぬ夕雲雀《ゆうひばり》の声も聞えていた。

嗚呼《ああ》跡ふりぬ人去りぬ

歳は流れぬ千載の
昔にかえり何の地か
かれ秦皇の覇図を見ん。
歌の声はなおもつづく。
残塁破壁声もなく、恨も暗き夕まぐれ、とある岩角に駒を立て、悠然として落日に対《むか》う
少年があった。
落日の光は、眼ざむるばかりうつくしき少年の頬をそめ、雪の如く純白な愛馬のたてが
みをそめていた。

管絃響き雲に入る
舞殿の春の夕まぐれ
袂《たもと》をあげて軽くたつ
三千の宮女花のごと

おお偉大なる秦皇の覇図よ。わが宮殿を高うせよ！　一度《ひとた》び叫べば阿房の宮、わが辺境
を固うせよ！　二度び叫べば万里の城。

かがりの焔天《えんてん》をやき
つるぎの光霜こおり

殺気夏なおものすごく
守るは猛士二十万。
少年の心の中には、ありし日の長城の面影が、絵巻物の如く展《ひろ》げられた。容顔花の如く、しかも覇気、山をぬく少年の血潮は高なった。彼の両眼はいつとはなく涙にうるおった。
民の膏《こう》血世の笑い
逆政のかたみそれながら
歴史の色にそめられし
万里の影をなつかしき
白馬はもの悵《うら》ましげに嘶《いなな》いた。ひびきをかえす長城の壁の上に、うすれ行く夕陽の影はつめたかった。
その面影に忍びでて
泣くは懐古の露のみか
暮春のうらみ誰がために
霞もむせぶ夕まぐれ。
少年の歌は遠く遠くひびいて行った。
紅の花の如く曠野《こうや》をそめていた落日の影はすでに消えてしまった。大陸の山々は幽然たる暮色の中に包まれてしまった。

「また夕べがきた」

かえり見すれば、東の空には明星が遠く光っている。少年はふと我れに帰って手綱を引いた。

「西風！　行こう。今夜も亦《また》お前達と一緒に若草をしとねとして寝よう」

少年は、愛馬『西風』の耳に口をよせてこう云った。

あたりは寂として静まった。ただ蹄《ひづめ》の音のみが夕べの深い静寂を破った。

「おうい！　稲妻！　稲妻！」

少年はふとこうよんで口笛をふいた。

夕やみの中から、おそろしい猛獣のうなり声がきこえた。たちまち、灰色の巨大な獅子の姿がぬっと彼の眼前にあらわれた。

「稲妻！　どうした、獲物は？」

獅子は猫のように柔順に、少年の前にうずくまって、うおうと一声ひくくないた、口にくわえていた一頭の子鹿をそこに横たえながら。

「うむ、稲妻、出かしたぞ！　それで三日分の食料は十分だ」

少年はにっこりとほほえんで「さあ、星が出たぞ。テントに帰ろう」

少年は手綱を引いて先きにたった。獅子『稲妻』は従僕の如く、彼の後に従って走った。ほの白いテントが、夕やみの中に彼等の帰るのをまっていた。

二　痛恨涙をのむ亡命の志士

辺境の夜はふけて行った。

うす暗い焚火《たきび》のかげで、鹿の肉とパンのきれに舌つづみをうった少年は、毛布をくるくると腰にまいて、若草の上にごろりと横になった。

火はとろとろともえる。テントのすき間から、青い星影がちらちらと瞬《また》いている。愛馬『西風』は両足をなげて、少年の側に休んでいた。獅子『稲妻』はただ一人、テントの入口にうずくまって、きっと暗夜の連山を見下し、我が敵や来ると眼を開き、耳をそばだてまっていた。

勇武絶倫、しかも容顔花の如きこの美少年は、果していずくより来り、何をなさんとするであろうか。

少年は実に日東帝国の健男子であった。山内日出男、それが少年の名前であった。

彼の父は、支那浪人として、中華の豪傑にその名を知られた快男子であった。わけて浙《せっ》江《こう》の督軍盧《ろ》将軍とは親交があつかった。すぐる日直隷派の横暴に一矢を酬うべく将軍が蹶起したときに、父は多年の知遇を感じ、自ら将軍のもとに馳せ加わって、剣をふるって戦陣に立ったのであった。

海のかなたに支那がある。支那にゃ四億の民がまつ。

少年日出男が、父を慕って大陸に渡ったのは、金風空に動いて冷露地にみつ初秋の頃だった。

群雄麻の如く烽《ほう》起《き》して、風雲天地をこむる活舞台、そこに剣を按じて鹿を追うは、男子一生の思い出である。

「非道をこらせ！　正義を擁護せよ！」

白髪、童顔、温厚にして篤実なる盧将軍が、一度び叫んで陣頭にたつと、将士はみな炎のような士気にもえて立った。

直隷派の手足となった江蘇の兵は、正義の軍を迎うべくあまりにもろかった。彼等は連戦連敗、見苦しくも陣地をすてて後へ後へと潰《かい》走《そう》した。

しかし直隷派は支那大陸に亙《わた》る政治的な権勢に於て絶対であった。そこには豊富な財源があった潤沢な弾丸があり武器があった。

浙江の軍いかに猛けしと雖《いえど》も、それは大局から見て部分的であり、一時的であった。直隷派の大軍が雲霞の如く、政府の命を奉じて来り攻めるに及び、無援の浙江軍は向背より敵をうけ、ついに重囲の中に陥ってしまった。

彼等はよく戦った。しかし、彼等の弾丸はつき、硝薬はなくなった。士気徒《いたず》らにはやれども、刀折れ矢つきたるを如何せん。孤城落日、陣地を死守すること数日にして、あわれ、正義の軍も全滅のやむなきに至ってしまったのであった。

乱軍の中《うち》にして、盧将軍は、幕僚数名をひきつれ、一方の血路をひらき、一先ず上海《シャンハイ》に落ちのびることになった。

「閣下よ、これより東方海上にのがれ、奉天に於ける張将軍のもとに走り、正義のために気を吐かれよ！」

日出男の父山内は、盧将軍の手をとってこう云った。

「貴下の懇篤なる御助力を感謝します。いずれ覇業なるの暁は……」

盧将軍は声をのんだ。敗軍の将兵を談ぜずとか、将軍はただ黙々として船中の人となった。

「では、しばらくのお別れをいたしましょう。私はこれから変装をして北方に向い、ひそかに閣下のために計り度《た》いと思う」

山内も曇りがちな両眼で、じっと老将軍の顔を見守った。

それは悲壮なる別れであった。

三　秋は深し楊子江

父をたずね、はるばる大陸にわたった熱血少年山内日出男は、上海に上陸し、戦線を訪れんとする前夜、はからずも淅軍大敗の報を得たのであった。

「負けたか！」

少年の眉宇《びう》には、沈痛な無念の色が浮んだ。凛乎《りんこ》たる赤い唇は真一文字にきっと結ばれた。

父は？　少年の胸中に不安の影となって往来するものは父の運命であった。彼ははやる心をおしとどめ、空しく旅窓の中にあって、その後の確報をまつことになった。

彼は、日東帝国の健男子である。双腕には赤い血潮が高鳴って流れている。骨は鳴り肉は躍る。彼は無聊《ぶりょう》の嘆に堪えやらず、時々日本刀の鞘《さや》を払って、明晃々たるその刃先にみとれることがあった。

尊き光よ！　これこそ真に人道を愛し、正義を慕うもののみに与えられたる破邪の利剣である！

浙軍の敗報一度び伝わるや、上海の人心は動揺した。日英米仏伊五ケ国の軍隊は、武装して市内の防備についた。物々しい警戒網が蜘蛛の巣の如く各所に張られた。

一日たち、二日たった。

やがて、浙江督軍盧将軍が、幕僚数名と共に上海に亡命したという報がつたえられた。けれども、愛する父の消息は、依然として不明のままであった。

「ああ、正義はついに破れたり」

五日目の朝、彼は飄然《ひょうぜん》として旅館をたち去った。

彼はまもなく自らの姿を楊子江の岸に見出した。江畔の秋はようやく深く、一尺の木も紅葉し、名もなき草も花をつけた。

天高く、気澄みて、白雲静かに動くところ、長江の水は洋々として流れている。花さき花落ち三千年、星は移り人は代り、栄枯盛衰夢の如く人間の世にうつろえども、大河の流れのみは昔の姿そのままである。

「桐一葉、落ちて天下の秋を知る……ああ、蕭条《しょうじょう》の天地だなあ」

少年は思わず嘆息をもらしつつ、長江の岸に沿うてとぼとぼと歩いた。

「秋深きところ、戦場のあとでもとむらおうか」

こう考えた少年は、ふと踵《くびす》をかえし、上海の市街をめざして急いだ。

彼が上海停車場についたのは、暮色が蒼然として大陸を包もうとする時だった。あかるい灯火のもとに、氷のような剣を輝やかしながら、各国の軍隊がいかめしく守備の任についていた。

少年が、しばらく列車の発着表を見上げてたっていると、ふと後ろから、つかつかとよって彼の肩をたたいた紳士があった。

「君！　日出男君じゃないか」

自分の名をよばれた少年は、驚いて後ろをふりかえった。

四　父を尋ねて幾百里

「うむ、やっぱり君だった！　どうしてここに来たのだ」

件《くだん》の紳士は、父の友人で、やはり支那浪人の一人であった。野田五郎というのが彼の名前であった。

「やあ、野田さんですか」

少年はにっこりして、

「父を尋ねてやって来たのです」

「ふうむ」

紳士は急に淋しい顔になって、しばらく無言のまま、じっと少年の顔をながめていたが、

「実におしいことをした。お父様の行方を君は知っているか」

「淅軍の敗戦はききましたが、父の行方は分らないです」

「そうか」

紳士は深いため息をついて、

「まだ知らずにいるのか……じゃお話しよう」

こう云って話し出した紳士の言葉によれば、父は、盧将軍を海上に送り出すと共に、自ら支那商人に変装して、北方に向って出発した。彼は先ず北京に至って敵の内状をさぐり、亡命の志士と気脈を通じ、最後に奉天の張将軍を訪れ、江南の恥辱《ちじょく》を雪《そそ》ごうと決心したのであった。

けれども、天は彼に幸いしなかった。彼は支那官憲のためにとり押えられ、厳重な訊問《じんもん》を受けた。日東の武侠男児は、そんな生ぬるいことで、秘密をもらすような弱虫ではなか

った。彼は何事もかたく口を緘《かん》して語らなかった。

彼は、おそろしい程惨酷な迫害を受けながら、列車によって北方に送られた。壮士一度び去ってまたかえらず、彼の運命はまさに風前の灯である。

「そう云う訳なんだ。とにかく軍事探偵の嫌疑を受けているのだから、しばらく辺境の牢獄に幽閉され、最後は刑場の露と消えねばならぬ運命になろう。それまでに、何とかして救い度いものだなあ」

「そうですか。捕えられたのですか」

黙々と聞いていた少年は、ただ悲痛な声をしぼった。

「君、これから北方に乗りこんで見たまえ。お父様の消息も分るかも知れぬ。幸い、私の経営している興行団が明日この土地を出発することになっている。一緒に行こうじゃないか」

「有難いです。じゃ、そうして頂きましょう」

少年はかたく紳士の手を握った。

猛獣の曲馬団に加わって、少年日出男が支那大陸の旅をつづけたのは、晩秋から冬にかけての冷めたい時節であった。

彼等が北京についたのは三月のはじめであった。毎日猛獣と戯れながら、父の行方をさがしていた彼は、ふと、ある支那軍人の口から、二人の外国の軍事探偵が捕えられ、蒙古の方に送られたということを耳にした。彼はある日、野田に向ってこう云った。

「どうも父は蒙古にいるようです。これから私は一人で蕃地にはいって見ます。永い間の御恩は忘れません」

「そうか。じゃ、とにかく行ってきたまえ。君に名馬『西風』と、獅子『稲妻』とをはなむけに贈ろう。この友達があれば、蕃地の旅行は絶対に安全だ」

二人はかくして袂を分ったのであった。

『西風』と『稲妻』とを友にした少年日出男は、山海関の戦場を弔い、万里の長城に沿うて、西北へ西北へと進んだのであった。


夜は更けて行く。

おぼろに霞む大空には、北極星をとりまいて七の星が光っていた。若草をしとねにまどろむ少年の夢や如何に。

夜の大陸を前にして、守護神のように踞《すわ》った獅子『稲妻』は、ふと、何かの物音をききつけてたち上った。眼を見はりたてがみを振った『稲妻』は、一声高く咆《ほ》えながら、前足でしきりに大地をかいた。

「稲妻どうした?」

少年は剣をとって起き上った。

第二回

一　闇夜の物音

長城の破壁を枕に、若草をしとねとして横たわっていた少年日出男は、ふと夜半の夢を破られて起き上った。

火はとろとろと燃えている。白い煙がテントのすきをもれて、ゆるやかに外に流れている。なつかしき草の香――

「どうしたんだ。稲妻！」

テントの外の獅子は、この時再びもの凄い叫びをあげた。おそろしいその声は、暗夜の山から山へとこだました。

「うむ、何か起ったな」

少年は剣をとって外へ出た。

獅子『稲妻』は闇の中を見すかしながら、なおもしきりに吠えつづけている。

「おい、稲妻、何事だい」

炎のような『稲妻』の両眼は、じっと、かなたの平地に注がれて動かない。

日出男は瞳をすえてそちらを見た。紫色のもやと、うるしのような闇とが、辺境の連山をこめわたして、眼に入る影は一つもなかったが、ただ異様な物音――せまり来る大海瀟《おおつなみ》のような地響が、かすかに、しかも、次第にはっきりときこえてきた。

「おお！　怪しい音」

少年はぴたりと大地にふして、冷めたい土に耳をおしつけた。

「馬だ！　蹄の音だ！」

その物音は、たしかに馬蹄のひびきである。

数十騎一隊をなした人馬のひびきにちがいなかった。

「軍隊か、それとも馬賊か……いずれにしても面白くなったぞ」

少年は大急ぎでテントの中にはいった。彼は手軽に身仕度をととのえ、ピストルの弾丸をあらため、そして日本刀の鞘をはらった。

晃々たる宝刀、一点の曇りもなく澄みきったその刃先には冬の夜の氷よりもつめたいものが光っていた。

「よし！　これでいい」

少年はこう云って、愛馬『西風』の轡《くつわ》をとった。

「西風！　たのむぜ！」

彼はひらりと駒の背にまたがった。

「稲妻！　さあ、行こう」

人里遠き荒野を夜風がつめたく吹いていた。青い星かげが、大空遠くおぼろにかすんで光っていた。

二　闇をてらす炬火の光

少年日出男は愛馬にまたがって手綱を引いた。獅子『稲妻』は、この小英雄を導くが如く先きにたった。

「おお、火が見える。炬火だ！」

とある丘の上に駒をたてた少年は、はるかかなたに、赤い炎の行列が、こちらに向って近づくのを発見した。

愛馬はたてがみを夜風になびかせてたかく嘶《いな》いた。獅子は燃えるような口をひらき、かなたにつづく怪火に向って長く咆哮《ほうこう》した。

「稲妻、行け！」

少年は『西風』に鞭をあてた。灰色の猛獣は闇をついて先きにたった。白馬『西風』は、砂を蹴り、紫の火花を散らしながら、かっかっと大地をふみならしてそのあとに従った。

彼等は間もなく山腹をつたって平地に下りた。蹄の音、剣のひびき、人の声、そうした物音が手にとるように聞こえ出した。

しばらくすると、怪火の正体がはっきりと見えるほどに近づいてきた。それは異様ないでたちの騎士の一隊であった。恐ろしい半月形の刃、長い槍、旧式な銃、伝奇小説《ローマンス》に見るような、不思議な騎馬の一隊は、手に手に炬火をかざし、大陸の夜の静寂を破りつつ、轡をそろえてこなたへこなたへと行進しているのであった。

「おお！　馬賊だ！　蒙古の馬賊だ‼」

少年は胸の血潮が湧きたつように覚えた。

彼は思わずも、ぶるぶると武者振いをして叫んだ。

「稲妻、進め！」

愛馬に鞭はあてられた。たちまち彼等は、馬賊の面前にぬっとその英姿をあらわした。

「何者ぞ！」

馬賊の先駆は、忽然《こつぜん》として行手にあらわれた雪のような純白の駿馬と、鞍上ゆたかに手綱をひく紅顔絵の如き美少年とに驚異の眼を見はって叫んだ。

「君達は何者だ。先ずそれをきこう」

流暢な支那語で、凛然《りんぜん》とこう答えた少年日出男の言葉には力があった。

「俺達は馬賊だ。東は長白山脈、西はゴビ砂漠、南は崑崙《こんろん》山脈に亙って、鞍を枕に剣をとる、馬賊の一隊だ。お前こそ一体何者だ」

先駆の一人がこう云った。

「正義の使徒だ。弱きを助け、邪《よこしま》なるを正す人道の守護神だ！」

少年の声は、銀鈴の如く爽やかにひびき渡った。

「何と！」

馬賊の面々は、あまりの事に、色を失って顔を見合せた。

「汝等匪賊《ひぞく》、財宝をかすめ、産を奪う。その所行もとより許すことは相成らん。さあ、奪うところの財宝をことごとくここに置いて行け。でなければ命はないぞ」

少年日出男は、若しと雖も剣道の奥義を究め、柔道は二段のつわものである。五十人六十人の馬賊などは彼の眼中になかった。

「不逞《ふてい》の賊どもよく聞け。僕は正義の権化だぞ。暗夜の大陸を監視して、寸毫《すんごう》の不正をも見のがさないのが天職だ。さあ奪う所のものを皆よこせ！」

重ねて放った不敵の言葉に、さすが剽悍《ひょうかん》な荒男共も、真青になってふるえ上った。

「生意気なことを云う小僧——邪魔をするな。生命が惜しくないか」

隊長とおぼしき一人が、自らすすみ出てこう云った。

「だまれ。その云い条は、こちらから云うべきことだぞ。汝等ごときものに恐れる男《お》の子と思うか。はは丶丶丶丶丶丶」

まっかな火の子が、ぱらぱらと夜風にとんだ。絵のような騎馬『西風』は、たてがみをならせていなないた。紅顔の少年はからからと高くうち笑った。

三　よし、相手になろう！

略奪をほしいままにして、意気揚々と根拠地に引きあげつつあった彼等馬賊の一隊は、暗夜の行手にあって忽然とあらわれた不敵の少年に胆を消された。

が、彼等は、大陸を股にかけて、東西南北幾山河を駆けめぐる剽悍殺伐な人間達であった。彼等は勇気をとりかえして叫んだ。

「面倒だ。やっつけてしまえ」

首領と思われる男が令を下した。

「不敵の少年、覚悟せよ」

馬賊の面々は、半月形の大刀をふりかざした。二間もあるような槍をしごいた。

「手むかいをするつもりか。よし。相手になろう」

少年は、駒の手綱をきっと引き、腰間の大刀に手をかけた。

馬上の賊どもは、手に手に炬火をふりかざしつつ、三日月形にぐるりと少年を包囲した。

「この命知らず、可憐そうだが、刃のさびとなれ」

一人の男が、少年の頭上をめがけて、すらりとばかりに一刀を下した。「何を！」電光の如く身をひるがえした少年は、抜く手も見せず大刀の鞘を払って、ちゃりんと敵の刃をうけ、かえす刀の裏で、骨もくだけよとばかりに、件の男の肩先をうちつけた。

「あっ！」虚空をつかんで、どうと落馬するさまを、少年日出男は尻目にかけ、

「さあ、こい。命のおしくないものは皆こい。快よく相手になるぞ！」

昼をあざむくばかりの炬火の光が、氷のような武器の穂先をてらしていた。

「たとい魔神であろうと、たかが少年一人ではないか。進め者共！」

この下知に力を得た五十騎、鬨《とき》の声をあげながら、少年の馬をめがけてつめよった。

「稲妻！」声に応じて、闇の中からぬっと雄姿をあらわした大怪物。

「おお！　獅子だ！」

「猛獣だ！」

馬賊の面々は真っ青になった。

火を見て怒った灰色の猛獣は、炎のような両眼を見開き、牙をならして咆哮した。彼のたてがみは風をよび、そのするどい爪は雲をよぶかと疑われた。

おそろしい獅子のさけびは、あらゆる生きものの心胆を寒からしめた。鞍下の馬は、その一声におびえて、棒立ちになってすくんだ。鞍上の人は、血の気もなく青ざめて、ががたと歯の根もあわずふるえた。

「者共きけ！　暗夜の守護神は、不正の者の肉をひきさくぞ！」

稲妻は、小英雄の馬前にあってしきりにほえた。前足をもって紫の火花をちらしながら、主人の命令一下、あらゆるものをみな殺しにしようと身構えた。

四　人質の美少女

「さあ、どうだ。まだ刃向う気か。破邪の剣をうけるか」

少年はまたこう叫んだ。

馬賊の面々は物も云わなかった。ただ眼を見はって、少年の顔と、猛獣の姿とを見くらべた。

「稲妻！　行け！」

獅子は一声高くほえ、のそのそと前へ歩き出した。

賊の馬は、再びおびえて飛び上った。

「うわあ！」決死の覚悟をきめたらしい五十騎は、再び鬨の声をあげて追ってきた。

「さあ来い」

少年は大刀をふりかざして、敵の真っただ中につき入れた。半月形の大刀は、彼の耳もとでうなりをたてた。長い槍の穂先は、少年の顔をかすめ肩をよぎってひらめいた。

武道に秀でた少年はびくともしなかった。乱れた麻のような乱闘の中で白馬にまたがった彼は、右に行き左に走り、縦横無尽に荒れまわった。

獅子『稲妻』は槍の穂先をくぐりながら、敵の骨をくだき肉をさき、真に阿修羅王そのものの如く、猛り狂った。

馬は倒れ、人は死し、僻地の暗夜に演ぜらるる大活劇——これを知るものは、しかし闇と、星と、風との三つである。

まもなく馬賊の士気は沮喪《そそう》してしまった。彼等は、負傷した友人をその場にすて、闇の中をめざして馬に鞭うった。

「卑怯なり。まて！」なだれうって潰走する一隊を見送りながら、少年は大音声によばわった。

しかし、何人も後にふみとどまるものはなかった。おびえ上った賊共は、先きを争うて闇の中に落ちて行く。

「おや！」少年日出男は、思わずこう叫んだ。

今しも一人の賊が、花のような洋装の少女を小脇にかかえ混乱の中に交わりつつ、彼の眼の前を駆け出したのであった。

「人質なんだな」少年は一刻の猶予もあらせず、愛馬に鞭をあててその後を追うた。

「稲妻！　稲妻！」声に応じて、獅子は姿をあらわした。

「稲妻！　彼等の後を追え！」

忠実なる従僕は、うおうと一声するどい叫びをあげ、さっと風をきってかけ出した。

「まて！　まて！」暗夜の中を、騎馬『西風』は、砂塵をまくしたてて疾走した。

「稲妻！　さきに廻れ！　さきに！　さきに！」

まもなく少年は、件の賊に追いついた。

「その少女は誰だ！」

賊はしかし答えなかった。なおも鞭をあて落ちのびようとするのを、獅子『稲妻』は、行手にまわってたちふさがった。

「その少女は何者だ」

少年が再びこう叫ぶと、件の男はふりかえって、

「人質だ！　日本人の人質だ！」

「何？　日本人？」

猿轡《さるぐつわ》をはめられた少女は、この時、身をもがきながら、後ろをふりむいた。その少女は、炬火の光では、はっきりと分らなかったが、年の頃十二、三歳とも云わまほしき美しい少女であった。

賊の行手にたちふさがった『稲妻』は物すごいうなり声をあげながら、今にも飛びかか

ろうと身がまえた。

「近づくと、この少女の命はないぞ！」

賊は氷のような刃を、少女の胸に擬して小気味よげにからからとうち笑った。

「一足でも近づいて見よ、刃は心臓をつらぬくぞ！」

第三回

一　腕は鳴る！

「稲妻！　まて！」

今にもおどりかかろうとする獅子を制し、少年は手綱を引きながら叫んだ。

「その少女に危害を加えたら、貴様の命はないぞ！」

獅子『稲妻』は、前足で空しく大地を掻きながら、一声二声、物凄く咆哮《ほうこう》した。その声におびえた賊の乗馬は、あたかも気抜けしたように立ちすくんだ。

「……」

「……」

鞍上の二人は、無言のままに睨みあった。声なきの声が、二人の間を縦横にとびちがった。

「おい！　君！」

少年が先ず口をきった。

「仲直りをしよう。僕について来い。稲妻！　さあ、先きになって案内しろ」

賊の意中を見て取った少年は、大胆にも、こう云って、愛馬の首をくるりと後ろにまわした。

「こわくはない。僕もただの人間だ。さあ、ついて来い」

馬賊は、もう逃げることは出来なかった。何かしら、非常なおそろしい力が引きつけているような気がして、ただだまって少年のあとに従わねばならなかった。

星あかりに導かれながら、稲妻は先頭にたって走った。駿馬『西風』は、たてがみを夜風になびかせながら、高く勇ましげに嘶《いなな》いた。

「腕の鳴る夜だなあ」

少年日出男は、夜の大空を仰いでうそぶいた。

まもなく、彼等の前に、ほの白いテントが見えはじめた。

「さあ、根拠地に帰ったぞ」

ひらりと鞍から下りた少年は、

「君、何もおそれることはないよ。もう仲直りだ。さあ、その少女を下したまえ」

ぐったりと死んだようになった少女は、少年の手によって、焚火の側の毛布の上に横たえられた。

「君！」

おどおどしている馬賊は、さしまねかれるままに、従順にテントの内にはいった。

「まあ、すわりたまえ。お腹がすいたら、ここに御馳走があるよ」

少年は、パンと葡萄酒とをとり出した。

「僕の味方になるか。それともやっぱり敵でいるつもりか」

「……」

「今夜一晩、よく考えたまえ。返事は明日でもいい」

少年は、ちらと少女の方を見た。あまりの深いおどろきのために、正気を失ったらしい少女は、唇の色もなく蒼ざめて、ただ絶え入るように昏々と眠っている。

「気を失ったんだ。先ずこの方の手当をしなくちゃ」

こうひとり言を云いながら、少年は、水筒をかたむけて、少女の小さな唇の中に注いだ。

「えい！」

気合をかけると、やがて少女は、かすかなうめき声をもらして、そして、ぱっちりと両眼をあけた。

「お嬢さん、しっかり、僕は日本人ですよ。もう大丈夫！」

「日本人？」

さも喜ばしげな声をたてて、花のような美しい少女はにっこりした。と、極度の疲労と安心とが、彼女を再び深い昏睡に導いてしまった。

「眠るんだな……あすの朝になれば気力も回復しよう」

少年はこう云いながら、静かに毛布の端を少女の体の上にかけてやった。

二　敵か味方か

焚火はとろとろともえる。

異様ないでたちをした賊は、やはり、大きな眼をごろつかせながら、黙って少年の様子を見守っていた。

「君、遠慮なんかいるもんか。さあ、食べたまえ」

少年は、いきなり、側にあった短刀をぎらりとひきぬいた。

「ひゃっ！」

奇声をあげて賊が飛び上るのを、からからと笑った少年は、その短刀をぐさとばかりに鹿の肉につきさした。

「君、大丈夫だ。あぶなくはないよ。あはは、、、、、、」

その時、のそのそとはいってきたのは灰色の巨大な獅子であった。縮み上った賊は、テントの隅でがたがたとふるえた。

「稲妻、さあ、お食《あが》り」

まっかな肉が、どしんと投げられると、獅子はさも満足そうに、前足を投げ出して、たちまちその肉の塊にくらいついた。

「馬鹿に遠慮する男だなあ。じゃ僕が先ず毒味をしようか」

少年は、手にした短刀で、焼肉の一片をつきさし、それを口にして、

「うまいぞ。とてもすてきだ。さあ、一ぱいやれ」

と左の手でコップをつき出した。

ぶるぶる震えていた賊は、もうとても逃げることは出来ないと観念したのか、だまって手をのばしてそのコップを受け取った。

「辺土でくみかわす盃《さかずき》、詩的だぜ、君」

赤い酒が、小さなコップになみなみとつがれた。

巨大な肉の塊をたべてしまった『稲妻』は、舌なめずりをしながら、さもうらやましそうに、小主人のたべる刀の先きの焼肉を見つめていた。

「なあんだ。もう食っちゃったのかい。早い奴だなあ」

こう云った少年は、ふと、獅子の前足に一点赤い何ものかを見とめた。それは血であった。

「おや、傷をうけているね。よしよし」

ポケットの中から、小さな瓶を出した少年は、獅子の傷口に薬をぬって、丁寧に包帯をしてやった。

夜は更ける。火はとろとろともえる。毛布にくるまった美少女は昏々と眠っている。

「ああ、くたびれた。ねるかなあ。君もねたまえ。あすの朝までに、敵か味方か、考えをきめておくんだよ」

この時、賊ははじめて口をきいた。

「旦那、敵になったらどうしますか」

「そりゃ、分ってるじゃないか。花々しく剣をぬいて雌雄を決するまでだ。君が僕の首をとるか、僕が君の胴を真っ二つにするか」

「うへっ！　おどろいた。旦那、わしはその剣がおそろしいので……」

「何、この剣が。はは丶丶丶丶丶弱虫だねえ。それじゃ、武器は君にあずけよう」

少年は、ピストルも、剣も、みな賊の前に投げ出して、

「男児に尊ぶべきものは信義と勇気だぜ。この二つを欠く奴は男じゃないんだ」

『稲妻』の前足を枕とした少年日出男は、恐るべき仇敵を面前において、ごろりと若草の上に横になった。

「ああ、いい気持だ」

まもなく、少年は、鼾声《かんせい》雷の如く、底いも知れぬ深い深い眠りに陥ってしまった。

三　かがやく朝日

あまりのことに、あっけにとられた賊は、しばらくぼんやりと少年の顔を見つめていた。何という美しい紅顔の少年であろう。何という大胆不敵な肝玉の持主であろう。さすが豪放の馬賊も舌をまいてしまった。

すべての武器は今自分の手の中にある。少年の生命を奪おうと思えば、いつでも奪うことが出来る。生死の権は今完全に自分が握っているのだ。けれども、少年の言葉——信義

と勇気とが男児の本領だと云った言葉。そこには何という偉大な崇高さが輝いているであろう。そうだ。自分は彼の従僕になろう。喜んで従僕になろう——

こう決心した馬賊は、少年の足のあたりに腕枕をして、これもそのままごろりと横になった。

夜はふけて行く。火はとろとろともえる。

あくる朝、第一番に眼をさましたのは馬賊であった。

大陸は、美しい朝を迎えて、東方の空には、もう太陽がきらきら輝いていた。その光はテントのすきをもれて、少年の顔のあたりを長閑《のどか》にてらしていた。

大の字になった少年は、まだ雷の如き鼾声をあげて熟睡している。愛馬『西風』は起き出て、朝の光をあびながら、若草をしきりにたべている。獅子『稲妻』は、所もあろうに、長城の破壁の上に這い上って、はるかに陽のかがやく大陸の連山を見下ろしながら、石像の如くうずくまっている。

まもなく、少女はぱっちりと眼をあけた。毛布をのけて、むっくり起き上った。

「お嬢さん、もう私はあなたの家来になります。決して危害は加えません」

賊は、おそろしい顔に笑みをたたえてこう云った。

「ここはどこでしょう」

「テントの中です。この日本の旦那が、あなたを助けたのです」

しかし、少年日出男は一向起きようとはしない。相変らず、地ひびきのするような鼾声をたてて眠っている。

「旦那、起きたらどうです」

荒男は両手で少年の足をゆすぶって見た。

「もう日が出ていますぜ」

「誰だい。うるさい奴だなあ」

少年は、大きなあくびをしながら起き上った。

「君は誰だい。何しにきたんだ」

「旦那、味方になりましょう。一晩考えたら、やっぱり味方になった方がいいようですから……」

「味方に？　ああそうか。君は、馬賊だったねえ。すっかり忘れてたよ。どれどれ、起きることにしよう」

少年はまぶしそうに陽の光を見上げながら、

「や、もう九時だな」

「いくら起しても起きませんでしたね」

「武士は鎧《よろい》の音に眼をさますというが、僕はとても武士になれん。あはは丶丶丶丶丶」

少年は笑いながら後ろをむいた。

そこには、花のような美しい少女が、若草の上に端然としてすわっている。

「やあ、元気が回復しましたか。もう大丈夫です。僕はあなたと同じ国の人間です。日本の人間です。僕は、死をもってあなたを保護してあげますよ」

「あぶないところをお助け下さいまして有《あり》がとうございます」

少女はにっこりした。ほころびそめた薔薇の花のような美しさ。しかもどことなく凛乎たる気品をそなえたその態度は、さすが、日本の少女としてはずかしくない立派なものであった。

「こうした辺境でお目にかかるのも何かの縁でしょう。僕は、父をさがして蕃地を旅行しているのですが、あなたは一体どう云う訳でこんな所にいらしたのです」

「まあ、あなたも……実は私も……」

少女は、容《かたち》をあらためて、徐《おもむ》ろに奇しき運命の物語をはじめ出した。

佐藤貴美子——それが彼女の名前であった。彼女の父は、清朝高官と知遇あつい支那浪人の一人であった。

去年の夏、支那動乱の前、彼女は、兄の猛と共に、父につれられて支那に渡った。別に用事があると云う訳ではなかったが、ただかねて志していた北方支那の旅行を、この機会に果そうとしたからであった。

彼等が北京に滞在中、突如、支那の動乱は勃発した。時局は走馬灯のように転換して、北方派の大伽藍は、落日の如く、もろくも倒壊して、たちまち北京にはクーデターが断行された。

十一月五日、支那国民軍は、突如、清朝の禁苑に乱入して、皇居を包囲し、皇帝に対して退出を追った。宮城内にあった四百七十余名の宦官《かんがん》、一百余名の女官は即日追放の憂き目を見なければならなかった。

世界に於ける革命史上の美談と唱えられた清朝優待の実は根本からくつがえされた。見るもの皆熱涙をおしまざりし悲痛なる光景よ！　心あるものは、一人としてその無謀の拳を怒らないものはなかった。志士は雲の如く群《むらが》り起った。

貴美子の父は、眼のあたりその悲痛なる場面を見た。彼は黙視するにしのびずしてついに起った。二人の兄妹を客窓にのこした父は、とある日飄然《ひょうぜん》として宿をたち去った。そして父は、それきり、二度と宿には帰ってこなかったのである。

父の行方はいずこ、噂にきけば、二、三人の日本人が支那軍隊に捕えられて北方に送られたということである。もしや父ではなかろうか――このはかなき希望が、二人の兄妹を北方に向って旅立たせたのであった。

張家口《ちょうかこう》を出たのは三日ばかり前。陰山山脈のまっただ中で、彼等はおそろしい馬賊の一隊におそわれたのであった――

「そう云う訳でございましたの……それで……」

「それで、兄さんはどうなすったのです」

「兄でございますか。兄は……」

この時少女の美しい顔色は急にくもった。

春風がそよそよとテントの上をなでていた。どこからか雲雀《ひばり》の声もきこえていた。

第四回

一　何等の荘厳

「兄は生きていますことやら、死んでいますことやら」

少女はこう淋しくため息をつきながら、彼女の不思議な運命の物語をつづけた——

二人の兄妹は、内蒙古の一都会帰化城に於て汽車を下り、数人の支那人と共に、馬に跨《また》がって西方に向った。

彼等の行手には、陰山山脈の連峰が、天を圧して起伏していた。彼等は荒涼たる原野に鞭うって、その連峰を右に眺めつつ、ただひたすらに西へ西へと急いだのであった。

ある夕方、それは紅のような春の夕日が、大陸の連山を美しくそめて、万里長城の破壁の上に、明星の影も生れようとする頃であった。

「おお！　黄金の河！」

鞍上ゆるやかに手綱を取って、兄の猛はこう云いながらかなたを指さした。

木々のあいまから見下ろせば、純金をひきのべたような大河の流れが、夕日の光をうけて眼もさめるように輝いている。

「壮観！」

「崇高だねえ！」

人々は馬をとめ、うっとりと、流れに見とれて立った。

その河は黄河の上流であった。彼等騎馬の一行は、その夜、河畔の木かげにテントを張った。

夕日が落ちて、幽然たる靄《もや》は音もなく谷間にひろがった。雪どけの水増した黄河の流れは、滔々《とうとう》と岩を噛んで渦まき流れていた。その物凄い流れの音を序曲として、「夜」の大きな幕は静々と下りてきた。

焚火は昼のように燃やされた。その火の側で、少女貴美子は、毛布にくるまって横になった。兄の猛は、他の支那人と共に地図をひろげ、明日の旅程をしきりに案じていた。うとうとと、しばしまどろむその夢の中、彼女は時ならぬ蹄の音に淡き眠りを破られた。

「馬賊だ！」

夜警の叫び！　たちまち、轟然《ごうぜん》たる銃声が深夜の林間にひびき渡った。

「何？　馬賊？」

兄の猛はむくりと起き上った。

「貴美ちゃん、早く！」

彼はいきなり、枕もとにあった五連発の拳銃を取るより早く、貴美子の腕をとらえて、飛鳥の如く外に飛び出した。

夜は更けに更けて、真っ暗な大峡谷を、黄河の濁流の音のみ轟々とこだましていた。

二　馬もろともに真《ま》っ倒《さか》さま

「おお！」

二人の兄妹は思わずこう叫ばないでいられなかった。

馬賊の一隊は、已に彼等の眼前に迫っていた。手に手に携えた炬火の光は、昼をあざむくばかりあかあかとあたりを照し出していた。そして、二人にとって、この上もなき忠実な従僕支那人の一人は、已に敵の一刀を浴び、鮮血にそまってうちたおれていた。

「貴美ちゃん、早く乗れ！　早く！」

逃げるより外道《ほか》のないことを見て取った兄妹は、ひらりと鞍の上にまたがった。

「早く逃げよう！　どこでもいい！」

兄妹は、深林の闇をめざし、はっしとばかり鞭うった。

「それ、逃がすな！」

「後を追え！」

後ろにはしかし馬賊の一隊が近づいた。多年蕃地の騎馬に馴れた賊の面々は、またたく中に彼等兄妹の後に迫った。

「何を！」

兄の猛は、後をふりかえって、追手の真っただ中に拳銃を発射した。

一発、二発、轟然たる音はとどろいた。しかし、敵の追撃は火よりも急だった。彼等は半月形の大刀を真っ向にふりかざしつつ、魔神のような疾さで迫ってきた。

「貴美ちゃん、もう駄目だ！　お前だけ先きに行け！　僕はあとから！」

弾丸つきた兄は、拳銃を地に投げつけて、短刀の柄に手をかけた。

「だって兄さま！」

「馬鹿！　何を云ってる。早く！」

こう叱りながら兄は、駒の首をくるりと後ろにむけた。

「さあ、来い！」

短刀はきらりと閃《ひら》めいた。少年は、右の腕をたたきながら、きっと待ちかまえた。

そこは林がつき、河に面して数丈の崖をなしていた。すぐ眼の下には恐ろしい黄河の急流が、真っ白い雪のような飛沫をあげながら流れていた。

「兄さま！」

兄を思う妹は、どうしてもそこを立ち去ることが出来なかった。彼女は、後ろをふりかえりながら、幾度びか兄の名を呼んだ。

「大丈夫！　あとから行くから、先きへお逃げ！」

最後にこう云った兄は、勇敢にも、自ら馬に鞭うって、賊の真っただ中に突入した。

半月刀はひらめき、槍の穂先は輝いた。闇の中で恐ろしい争いは演ぜられた。刃の光、蹄の音、脚下では、大河の流れが、耳を聾《ろう》せんばかりに猛り狂っている。

「何を小癪《こしゃく》な！」

少年は乱闘の中で、隊長とおぼしき男と馬をならべ、鐙《あぶみ》の上に立ち上って、むずとばかりに組みついた。

火の出るような血闘がそこで演ぜられた。鞍の上で、上になり下になりもみ合うこと暫《しば》し、少年はついに大の男に組みふせられた。

「さあ！　どうだ！　まだ反抗するつもりか。命が惜くないか」

氷のような刃は少年の首のあたりにつきつけられた。賊はじっと少年の顔を見下ろした。

「何を！　殺せるなら殺せ！」

組みふせられながらも、少年は、必死の力をふるってもがいた。

「兄さま！」

絶望の叫びをあげた少女は、ピストルをさしむけて、つづけざまに乱射した。その一弾は、幸か不幸か、賊の乗馬の腹部に命中した。

「あ！　あぶない！」

不意の痛手をうけた馬は、後足で蹴ね上って棒立ちになった。そして、あっと云うまもなく、鞍上の人、鞍下の馬、四つの生命は、もんどりうって、崖の上から真っ倒《さか》さまに墜落した。

山地の雪がとけて、水量数倍した黄河の濁流は、たちまちこれ等の生命を餌じきにした。

「おうい！」

賊共は、炬火を断崖の一角につき出して恐ろしい濁流を見下ろしながら口々に空しくこう呼ばわった。

しかし、答えるものは水の音ばかり、空には春の夜の朧《おぼ》ろな星影が、一つ二つ三つ、壮烈な人間の世の悲劇を見下ろして光っていた。

三　男児の試練

少女貴美子には、もうすべてが最後であると思われた。しかし、その決死の覚悟は、彼女に非常な勇気を与えたのであった。

「そうだ、逃げれるだけ逃げてやろう」

こう咄嗟《とっさ》の間に決心した彼女は、賊共が、あわてふためいている間に、馬に鞭をあてて再び深林の闇の中にまぎれ去った。

しかし、運命は彼女を見逃しはしなかった。いくばくもなく彼女は、再び間道から十数騎の敵に襲われてしまった。

「それ！　そこにいる！」

「早く引っとらえよ！」

賊の刃はもうすぐ後ろにせまった。彼女は無我夢中で、つづけさまに鞭うちつつ、藪と云わず、溝と云わず、遮二無二《しゃにむに》に驀進《ばくしん》した。

暗さは暗し、途はなし、五、六町もかけのびたころ、巨大な岩角に脚をくじいた馬は、悲しげな嘶《いなな》き声と共に、ぱたりと倒れてしまった。

「ちぇっ！　残念！」

鞍から飛び下りた少女はなおも、灌木《かんぼく》の茂みを目ざしつつ闇の中を一目散にかけ出した。しかし、不幸はいつまでも彼女を見のがさなかった。二町も行かない中に、太い木の根につまずいた彼女は、まりのようにころころと転んで、そのまま人事不省に陥ってしまった。

長い眠りの後に、ふと眼をさますと、彼女は、いつのまにか賊にとらえられて、鞍の上にゆられながら、闇夜の高原を、いずこへともなく運び去られつつあったのであった――

「それからすぐ、二度目の眠けがさしてきて、ぐったり眠ってしまいましたの。今日眼がさめて見て、はじめて、あなたにお助けしていただいたことが分りました」

少女はこう云ってほっと息をついた。

「兄はどうなったでしょう。それは、水泳の達人ではありますけれど」

「大丈夫！　兄さんはきっと生きてますよ。きっと生きてる！」

日出男はさも元気そうに、

「日本男児だ。むざむざ死ぬもんか。だが実に痛快なことをやりましたね。僕がそこにいたらなあ！」

少年は、両腕をまくって、隆々と盛り上る筋肉をたたきながら、さも無聊《ぶりょう》に堪えないというような顔をした。

「事件は益々面白くなってきたぞ。憂き事のなおこの上に積れかしだ、快力をふるって乱麻をきる、そこに男児の本領があり、試練がある！　痛快だなあ」

少年はひとりで喜びながら、

「ところで佐藤さん、第一に、何をおいても兄さんをさがそうじゃありませんか」

「分りましょうか知《し》ら」

「分りますとも、黄河長しと雖《いえど》も、たった一千里だ。それに、兄さんはきっと、濁流をのりきって、岸にはい上っていますよ。朝飯でもたべて出発しよう。おうい。稲妻！」

少年はテントの外に首をつき出して、

「なあんだ。あんな所に上っているのか。可愛い奴だなあ。おうい、稲妻！　めしだ、めしだ」

長城の破壁に這い上がっていた獅子『稲妻』は、主人の声をきいて、のそのそと下りてきた。

四　戦闘準備

「君は僕の忠実な従僕となった以上、僕の質問に対して一々卒直に答えるんだぞ」

朝のパンをかじりながら、少年は捕虜に向ってこう云った。

少年の質問に対して、捕虜の答える所によれば、彼は蒙古系馬賊に属し、東は満鉄沿線から、西は陰山山脈に亙って、神出鬼没、疾風迅雷の略奪をほしいままにした男であった。

彼はもと、順良なる青年であったが、官兵の無暴な圧迫に堪えずして馬賊に投じ、爾来《じらい》数ケ年、緑林好という馬賊号を名乗り、放線《ファンシェル》と称する斥候《せっこう》となり、以《も》って今日に及んだのであった。

「成程《なるほど》、君は馬賊の斥候か。それじゃ、この辺の地理は精《くわ》しいだろう。一体君達の根拠地はどこなんだ」

少年は地図を拡げて緑林好の前につき出した。

しばらく地図を見渡していた馬賊の青年は、太い指の先きである一点をおさえながら、

「ここです。ここの洞窟です」

「洞窟？」

「数十丈の崖の中央にある洞窟なんです。そこに五百の馬賊がいます」

「ふうむ。それで、君達の親玉はどうしたい」

「河におっこってから見つかりません」

「よし、それだけ聞けばいい。出かけよう。さあ、佐藤さん、出発です」

少年はこう云って起ち上った。

「どこに出かけますか」

緑林好が少なからず面くらって眼を見はると、

「根拠地の洞窟を占領しに出かけるのさ」

少年は無雑作に拳銃の弾丸を改めながら答えた。

「洞窟ですって？　旦那、そりゃいけません。危ないです。殺されます」

「なあに、心配するな、虎穴に入らずんば虎児を得ずだ。さあ、出かけよう」

少年は日本刀をぬいて、二、三度りゅうりゅうと空をきり、それを再び鞘におさめて、

「戦闘準備成れり、南無八幡大菩薩、我等の戦いに幸あらしめ給え」

と朝日に向って礼拝した。

愛馬『西風』は高らかに嘶いた。獅子『稲妻』は吹きくる春風に、颯爽とたてがみを鳴

らせた。

「腕がなるなあ」風雲はまさに、大陸の一角に渦まき上ろうとしている——

第五回

一　魔の淵へ

敵と組み合ったまま、足をふみ外して、馬もろともに黄河の濁流に墜落した少年猛は、一、二間おし流されたとき、再びぬっと水上に浮び上がった。

彼は水泳の達人であった。これしきの流れに溺れてしまうような弱虫ではなかった。すぐ近くの岸、そこに泳ぎつくのは彼にとって易々《いい》たる業ではあったが、しかし他を見捨てて自ら一人を生きるような彼ではなかった。

「おうい！」

濁流にもまれながら彼は叫んだ。

しかし答えるものは水の音ばかり。氷のように冷たい黄河の流れは、白馬のような飛沫をあげて怒号している。

「おうい！」

彼は再び叫んだ。

おぼろな星あかりにすかして見ると、二、三間前を、うきつ沈みつ、黒い影がおし流されて行くではないか。

「あれだ！　よし！」

腕をたたいた少年は、急流を幾度びか頭上にあびながら、抜手をきって後を追うた。

一尺、二尺、彼は目ざす黒い影に近づいて行った。

「おい！　しっかりしろ！　今助けてやるぞ！」

渾身の力をふるって近よりさま、腕をのばしてとらえようとすると、あっと云う間もなく、恐ろしい急流は彼をまきこんだ。再びうかび上ったその時には、已に目ざす影は一、二間かなたにおし離されている。

「ちぇっ、残念！」

彼は必死の勇をふるってつき進んだ。滔々《とうとう》たる大河の水は、果《はて》もなくどこまでもと流れている。少年猛は、この義侠的な気高い精神から、敵を救うべく急流と戦うこと三十分、からくも黒い影に手をかけて、

「さあもう大丈夫だぞ！」

片手に敵の身体を引きながら抜手をきって岸に泳ぎつこうとすると、又しても恐ろしい激流は、耳も聾《ろう》するばかり怒号した。

そのあたりは、急流が変じて大渦巻をなすおそろしい場所であった。一度び入れば、二度と生きてこの世を見られない魔の淵であった。

あわやと云うひまもなく、勇敢な少年は馬賊と共にその魔の渦巻を目がけて、矢を射るように押し流されて行った。そして息つぐひまもあらばこそ、世にも恐ろしい大渦巻は、たちまちくるくると二人の身体をのみ下してしまった。

星影おぼろな辺土の天地、ただ大河の流れのみ轟々と物凄い調を奏でていた。

二　霊峰の落日

紅玉のような大日輪は、今しも陰山山脈のかなたに落ちようとしている。

西の空は、きらめくばかり黄金の輝きに澄み渡って、そこに、くっきりと輪郭をとり、ぬっとそびえ立つ高山の偉大さよ。

「いつもながら、大陸の夕べは美しい。荘厳《サブライム》そのものだ」

「あの雪の色は何という美しさでしょう」

霊峰天に接する所、残《のこ》んの雪は淡紅色にそめられて、色水晶のように輝いている。

「あの山に馬賊が巣くっていようなどとは考えられない」

『西風』は首をたれて、しきりに若草をたべていた。従者緑林好は、少女を鞍の上に抱きのせ、今夜の活劇を思いやり乍《なが》ら、眼前にせまる山寨《さんさい》のかなたを眺めやっていた。

「旦那、もうじきですよ」

彼は、夢心地で駒をたてている少年に向って声をかけた。

「この前の森をくぐりぬけると、大きな深い谷があって、その向うに、洞窟の窓があいています」

「日の暮れるまでに行かれようか」

「行かれることは行かれますが、夜でなければ危ないです」

主従がこう語り合っていたとき、突然そばに踞《うずくま》っていた獅子『稲妻』がぬっと立ち上った。

「どうしたんだ。稲妻！」

きばを鳴らして低く吠えていた獅子は、たちまち、かなたの茂みをめざして、さっとばかり躍り出た。

「どうしたんだ。うろたえ者！」

後ろもふり向かぬ『稲妻』は、たてがみを鳴らせながら、疾風の如く灌木のなかに姿を消した。

たちまち、轟然たる銃声がとどろいた。物凄いうなりをたてながら、一弾が少年の耳をかすめて飛び去った。

「敵の歩哨だ！　あぶない！」

「あわてるな！」

泰然自若とした少年は、にっことして、

「西風！　たのむよ。又面白くなったぞ」

と愛馬の耳に口をよせてささやいた。

幽然たる夕靄は、陰山山脈の紫の山肌から生まれ、次第に大陸の山河をこめわたした。

「さあ、夜が来たぞ」

この時、灌木の中から、再びぬっと姿をあらわしたのは『稲妻』であった。

「おお！　稲妻。お手柄！　お手柄！」

獅子は、鮮血にそまって人事不省に陥った敵の一人を引きずりながら、のそのそと主人の側にかえってきた。

「旦那、油断はなりませんよ。これから先きはまるで網のように歩哨線がはってありますから……」

「よろしい。じゃ、この夕闇にまぎれて死地に乗り込もう。お互に気をつけようぜ」

少年は手綱を引いて先きに立った。おそろしい深い森が、彼等の行手にひろがっていた。

三　死の窓

星あかりですかしながら、暗い森をくぐって行くと、たちまち、闇の中からきらりと銃剣がひらめく。

「誰だ！　仁！」

声の主は馬賊の歩哨である。

「仁！」

彼は再び叫んだ。

「義！」

暗号を知っている緑林好は、自ら進んでこう答えた。

「よし、通れ」

しばらく行くと、森はつきて、そこに、深い谷が開けていた。

「おそろしく深い谷だなあ」

「星あかりですかしてごらんなさい。そら、高い崖が立っているでしょう。谷の向うに
……」

「うむ、おそろしい断崖だ。まるで岩石の城壁だ。あの中央に洞窟があるのか」

「そうです。あそこに窓があいていますから、間もなく灯がつくでしょう」

何という物凄さ！　怪物のような巨岩は、ぬっと幽谷をのぞいてつき出て、その高さは実に眼もくらむばかりである。

「高い絶壁だなあ。七、八十丈もあろう」

さすがの少年も茫然として立った。春の夜の暗《やみ》がうるしのようにあたりをこめて、谷底からふき上げる風が、馬上の人達の衣の袖を翻えした。

「あ！　灯だ！」

突如、断崖の中央にあたって、一点の赤い火がぽつりとあらわれた。

「物凄い光だねえ。一体あの窓は何をする窓なんだ」

少年は小さな声でささやいた。

「あの窓は、そりゃ、恐ろしい窓なんです」

緑林好はおびえるような瞳を輝かせて、

「死の窓なんです」

「死だと？」

「そうです。裏切者や、人質や、敵の捕虜達を、あの窓で斬殺して、その死体を下に投げ落すのです。下には、恐ろしい狼の群がまち受けていて、骨も残さず死体を食べてしまうのです」

「狼の餌食にするのか。残酷だなア」

さすが勇敢な少年も、思わず肌に粟の生ずるのを覚えた。

「あの窓に、あの灯がつくときには、誰か必ず一人犠牲者があるのです」

この声の終らぬとき、灯影は段々と大きくなって、はてはあかあかと炎のようにもえ上った。

「焚火だ！　焚火だ！　誰か又一人殺されるのだな」

緑林好は震え声でこう叫んだ。

物凄き魔境に炎々ともえ上った大きな焚火！　その光は、洞窟の一角を真昼のように照らし出した。鬼気人に迫るという悽愴《せいそう》な場面が眼前に展開された。

「おい、君！　どうかして今、あそこに渡る工夫はないか」

「戯談《じょうだん》云ってはいけません。殺されに行くようなものです」

「それはどうでもいい。とにかく渡る方法はないかね。今すぐにだ」

「あることはあります。そら、そこに太い鉄線がかかっているでしょう。あれに引っかかって行けば、深い谷を越えて、丁度あの窓の真上に渡ることが出来ます。しかし、とんでもない事だ。そんな無謀な話は……」

丁度その時であった。少女貴美子は、とびたつような驚きの叫びをあげた。

「ごらんなさい！　あの人！　あれは私の……」

焚火の光に照らされた二つの人影。一人は馬賊の一味とおぼしく、異様ないでたちで、手には恐ろしい半月刀をもっていた。他の一人は、あわれな犠牲者で、身動きも出来ぬ程しばり上げられ、今まさに一刀の露となろうとしている。

「君！　僕は行ってくるよ！　まっているんだぞ」

ひらりと馬から飛び降りた少年は、するすると大木の幹にはい上り、谷から谷へとひき渡された鉄線にぶら下った。

「とと、とんでもない。およしなさい」

「大丈夫！」

猿のようにするすると鉄線を伝う少年の姿は、たちまち恐ろしい闇の中に消えてしまった。

四　この顔を見よ！

名もおそろしい『死の窓』では、まっかな焚火があかあかと燃やされた。

「貴様の知らぬ筈はない。我々の行手をさえぎって、人質の少女を奪った少年は、たしかに貴様の連れの者に相違ない。さあ、白状しろ。あの獅子をつれた少年はどこからどこへ行くものだ」

半月刀をふりかざした馬賊の一人は、あわれな犠牲者に向って拷問をつづけているのであった。

「さあ、ありのままに白状せい！　でなければ貴様の命はないぞ」

「何と云われても全く知らぬことなのです。無論私の知人ではございません」

こう答えたのは、柔和な支那人であった。かの日本人の兄妹と共に、蕃地に向って旅立った支那人の一人であった。

「馬鹿を云え。貴様の知人でなくて、どうして、我々の様子があれ程詳しく知れるものか。さあ、云え。云わぬか！」

半月刀はきらりと閃《ひら》めいた。

「だって夢にも知らぬことでございますもの……」

「だまれ！　これ程云っても白状せぬとならばよろしい。覚悟せい！」

焚火は盛んに燃え上った。一刀はふり上げられた。

「強情者！」

あわや犠牲者が真っ二つになろうとしたときに、するすると猿《ましら》の如く絶壁を這い下ってきた少年日出男は、すっくとばかり窓の入口につっ立った。

「待て！」

火のような鉄拳が飛ぶよと見るまに、件《くだん》の馬賊は、手にした刃を下に落して、よろよろとよろめいた。

「不届者！　この顔を見よ！」

少年は、双腕《もろうで》をまくって自らを指さした。

第六回

一　真っ紅の大怪物

「見ろ！　この顔におぼえがあろう」

かがり火のもとに、すっくと立った少年は、とび散る火の子を腕《かいな》にうけて、きっとなって叫んだ。

「不届者、目にもの見せてくれるぞ！」

少年の腕は、むずと敵の胸ぐらをとらえた。

「えいっ！」

宙にひるがえった賊のからだは、たちまち、もんどりうって、かなたの岩角にうちつけられた。

「君、もう大丈夫だ。心配することはない。早く立ちたまえ」

少年は、手早く支那人のいましめを解き、抜身の大刀を右手にして先きに立った。

「洞窟を案内してもらおう。面白そうなところだ」

天から降ったか、地から湧いたか、忽然と死の窓にあらわれた紅顔の美少年は、このあわれな支那人にとって実に人間以上の存在であった。彼は、茫然としてしばらく物も云わなかったが、ようやく炬火の一片をとって先きに立った。

「私もよくは存じませぬが……」

「うむ、よろしい、分るところまで行ってくれ」

息もつまるような、真っ暗な穴の中には、鬼気人にせまるという冷たさがあった。その大きな穴は、蟻の巣のように、うねうねとまがってつづいている。二人は、淡暗いかがり火をたよりに、その不思議な洞穴を奥へ奥へとはいって行った。

「おい君、ここに部屋があるぜ」

少年日出男は、ふと岩壁に開かれた真っ黒な入口を指さした。

「あかりを見せ給え」

かすかな炬火の光ですかして見ると、その奥の闇の中に、真っ黒な大入道がぬっとつっ立っている。

「ひゃっ！　お化けだ！」

支那人は真っ青になった。少年はぐっと炬火をつきつけて叫んだ。

「何者だ！」

怪物は物をも云わず、じっとつっ立っている。側によった少年は、たちまち大声で笑い出した。

「何だ！　仏様か。あはは、、、、」

黒入道は、丈六《じょうろく》の仏像であった。すすけた黒光のする木像は、いつものように、だまって、そして笑って立っている。何年の間ここに立っていたのか、又これから何年ここに立っていようとするのか。

「実に面白いじゃないか。詩的だなあ」

少年は、思わず、漆のようにつややかな仏像の胸のあたりを撫《な》でて見た。

「君、髑髏《しゃれこうべ》がならべてあるねえ」

そのあたりには、小さな柵がつくられて、人間の真っ白な髑髏が山のようにつみ重ねてあった。

「捕虜や罪人の首なんだな。よくもまあこんなに集めたもんだ。一つもらって行こう」

呑気な少年は、無造作に手をつき出した。

「あなた、それを何にします」

「なあに、土産にするのさ」

二人は笑いながら部屋を出た。

なま温い気味の悪い風、血なまぐさい不快な空気が、さっと正面から流れてきた。

「まるで墓場だ。いやに静かだな」

二人が、つきあたりの岩壁を右に廻ると思いきや！　その向うには、まっかな火が、あかあかともえ上っているではないか。そして見よ、せまい洞穴の両側に、満面朱をみなぎらした異様な怪物が、物をも云わず、ぬっとつっ立っているではないか。

丈《たけ》一丈に余る大怪物は、二本の角を生やし、口は耳までさけ、両眼は爛々《らんらん》と炎の如く、手には、氷の如き刃をにぎり、仁王そのままにつっ立っている。

「何奴だ！　名乗れ！」

少年はきっと身構えた。

まっかな炎を後ろに、巨人の如くつっ立った異様の怪物は、しかし一言も口をきかなかった。

「何者だ！」

太鼓の音のような不思議なとどろきが、怪物の腹の中からひびきはじめた。それは真に地獄の悪魔の笑いそのものである。

「おお！」

さすが剛胆な少年も、思わずたじたじと後ろにさがった。

二　計られたり！

全身血の如き、緋紅《ひこう》色の大怪物は、しばらくの間、うごきもせずにつっ立ったが、たちまち、ぐらぐらと大きく前後にゆるぎはじめた。

「人だ！　人だ！」

見よ、忽然としてあらわれた。二、三の怪しき人影、それは実に怪物の腹の中から飛び出したのではないか。

「何者ぞ！」

怪しの人影、それは馬賊の面々であった。彼等は手にした青龍刀を炎にひらめかしながら、少年の前にすっくと立った。

「誰だ！」

「俺だ！　日本帝国の男児だ！」

「何！」

賊は互に顔を見合わせた。

「この顔におぼえがあろう。俺は正義の神だぞ！」

よく見れば巨大な怪物は、生物でなくて木像であった。そして、腹部のあたりに、この秘密の入口がしかけてあったのだ。真相を見てとった少年は、思わず大声をあげてからからと笑った。

「何だ、人形か。あはは丶丶丶」

後ろにはかがり火が炎々ともえている。ものすごい青龍刀を右手にした馬賊の面々は、剛胆不敵の少年をにらんでつっ立った。

「……」

「……」

少年の血は湧き肉は躍った。彼は大刀をふるってりゅうりゅうと空をきった。刃風は雲をおこし、雨をよぶかと疑われた。

「おい、戦おう。雌雄を決しよう！」

少年は腕をまくって進み出た。彼少年は剣道の達人である。賊徒の二人や三人を恐れるような男の子ではない。彼等を一まとめにして、一刀のもとに斬ってすてるは易々《いい》たる業である。しかし、無益の殺生は君子の取らざるところだ。血を見ないで敵を倒すことが出来れば、これに越した勝利はない筈である。

「さあ、来い！」

日本刀は炎の中にぎらりと輝いた。

賊の面々は真っ青になった。仁王の像のかげにかくれてぶるぶるとふるえた。

「……」

「よし、貴様達の心は分った。さあ、案内しろ！」

賊達はだまって先きにたった。

まもなく彼等はかがり火の部屋にはいった。そこは百畳もあろうかと思われる巨大な一室であった。火をとりまいて、二、三百人の馬賊達が、肘を枕に寝こんでいた。天井の一角はつきぬけて、はるかに星影ちらつく大空が見えていた。

「首領《かしら》の部屋に案内しろ」

馬賊は互に何か小声でささやき合った。にたりと物凄いほほえみが彼等の頬に浮んだ。

大広間から、又小さな抜道にはいって、五、六間もきたと思ったとき、彼等はふと立ち止まって、壁に面したあつい鉄門を指さした。

「ここが首領の部屋か」

「へえ」

少年が中にはいると、従者の支那人は、かがり火をつき出しながら従った。彼等の前には、うるしのような闇がまっていた。

「誰もいないじゃないか」

少年がこう言ってふりかえったとき、あつい鋼鉄の扉はぎいと閉まった。

「ははゝゝゝ、ざま見ろ！」

「馬鹿野郎！　そこでおとなしく成仏しろ！」

さては計られたか！　無念残念、まんまと敵の術中に陥った少年は、思わずぎりぎりと歯がみをした。

「しまった。一ぱい食わされた！」

三　死の谷底へ

その部屋は六畳ばかり、天井は一丈もあろうか、向うには小さな窓があって、星あかりの空がほんのりと光っている。

「分った。絶壁に面した一室なんだ」

こう独言を云いながら天井を仰ぐと、こは如何に、そこには、氷のような白刃が数十本、霜柱さながらに立ちならんでいるではないか。そして見よ、その天井は、ぐらぐらと動きながら次第次第に下の方へと落ちてくるではないか。

「おお！　落天井だ！」

少年日出男は進退谷《きわ》まった。

「ここでむざむざ死ぬものか！」

恐ろしい刃は刻一刻と近づいてくる。

「よし、あの窓から逃げよう。君早く！」

少年は、身を躍らせて、ひらりと窓に飛びついた。

「君！　早く！」

支那人を救い上げた少年は、半身をぬっと窓の外につき出した。

おぼろな星影が天に光っていた。そのうすい光で見下ろすと、下は実に目もくらむばかり何十丈の絶壁である。

「やっぱり崖の上だ。ここから落ちたら命はないぞ」

彼はふと、向う側にいる味方を思い出した。彼はポケットをさぐって笛を取り出した。

ピリピリと、笛の音は絶壁の岩から岩へとこだました。と不思議、物すごい猛獣の叫び声が、深夜の静けさにひびき渡った。しかもその声は向うの崖ではなくて、実に自分の頭の上からひびいてくるではないか。

「稲妻だ！　稲妻だ！」

少年は思わず叫んで空を見上げた。

「おうい！　稲妻！」

猛獣の叫びは一声二声、次第にこちらへと近づいてくる。

「おお！　稲妻か！」

見上げれば、絶壁の縁に、両足をおいた灰色の猛獣は、なつかしげに身をかがめながら、小主人の姿を見下ろしてうずくまっている。

「旦那！　旦那！　そこの窓際に針金があるから、それにひっかかって、下におおりなさい。下の部屋は安全です」

『稲妻』の側に、腹ばいになってよんでいるのは緑林好である。

「うむ！　緑林好！　お前はすぐ稲妻を引きつれて突進してくれ、俺は大広間でまっているから！」

「旦那、よろしい！　承知しました」

獅子『稲妻』は、再び高らかに咆哮した。少年は、にっことほほえみながら、そこにさびついている針金に手をかけた。そして猿の如くするすると絶壁を伝いはじめた。

窓から窓へと引き張られた鉄線を伝いながら、彼が死地をのがれ出ようとしたときに、第二の災は彼等を待っていた。

「何を、逃がすものか！」

さっきの馬賊達は、落天井の窓にあらわれて、逃げ行く少年達の姿を見てとった。

「谷底につき落してしまえ！」

鋭利な刃物は鉄線にあてられた。一分、二分、鉄線はすり切られて行く。あわやと云うまもなく、太い鉄線は遂に切り離された。あっと云う悲鳴と共に、少年と支那人との姿は、たちまち恐ろしい闇の中にのまれてしまった。千仭《せんじん》の幽谷が彼等を待っていた。

四　起て！　稲妻！

緑林好は少年にとって忠実な従僕であった。彼は谷を伝い、間道から洞窟の真上にあらわれたが、そこで偶然にも小主人と対面したのであった。

「お嬢さん、行きましょう」

少年が鉄線を伝って下におりて行った時に、緑林好は、少女貴美子をうながして先きに立った。

駒を木影につないだ二人は、恐ろしい洞穴の入口をくぐった。天然の大洞窟を巧みに利用して、白蟻の巣の如く掘り下ろした大山塞の物凄さ。勝手知る緑林好は、真っ黒な穴の中を岩角を伝って先きへ先きへと進んで行く。少女貴美子は、灰色の猛獣の後ろについて従った。

かすかな明りが、彼等の行手を照らした。

「お嬢さん、きましたよ」

緑林好は後ろをむいてささやいた。稲妻はうおうとひくくうなった。

「いいわ、大丈夫!」

少女は拳銃の弾丸を改めて答えた。

おそろしき死の洞窟、かがり火の薄暗い光が、真っ黒な闇をちらちらと照らした。猛虎のような形相の岩角を曲ると、たちまち百畳の大広間は彼等の眼前に開かれた。

「まあ!」少女貴美子は眼を見はった。
二、三ケ所のかがり火をとりまいて、二、三百の荒くれ男が、刀や槍を枕にごろごろと

寝ころんでいる。

「稲妻!」

少女貴美子は、獅子のたてがみをにぎって叫んだ。

巨大な灰色の猛獣は、炎のような口をかっとあけた。岩壁も崩るるかと思われる大咆哮

——少女貴美子は、その猛獣の肩に左手をおき、賊の面前に向って右手の拳銃をぐっとつき出した。

第七回

一　黒き影

獅子『稲妻』の声は、さしもの岩壁もゆるぐかと思われた。

剣を枕に夢まどかなりし賊の面々は、時ならぬ猛獣の叫びに、肝をつぶして起き上った。

彼等は、手に手に武器をとって、この思わぬ侵入者の襲撃に見構えた。

火を見て怒った『稲妻』は、再び、天地も崩れよとばかり咆哮した。少女貴美子は、そのたて髪を左手に摑み、拳銃をつきつけてきっと立った。

「おお！　あの獅子だ！　あの娘だ！」

賊の面々は互に顔を見合せて身震いした。

「兄弟達、抵抗しない方がいいぞ」

緑林好は、少女の前に進み出て叫んだ。

「俺はお前達に忠告する。日本の英雄にはかなわない。俺のように降参するのが何よりだ。でなければ、英雄の恐ろしい刃がお前達の胴を真っ二つにしてしまう。そして、この猛獣が、お前達の肉をさき、骨を砕いてしまうのだ」

かがり火はぱちぱちと燃え上った。陰惨な気が洞窟をこめて、地獄のような物すごさがそこにあった。赤鬼のような荒男達は、物をも云わずつっ立った。『稲妻』は爛々たる両眼を輝やかし、炎のような口をあけて、今にも躍りかかろうと身構えていた。

「俺は英雄の忠実な部下となった。場合によっては、お前達と刃を交えよう」

この言葉が終らぬさきに、一壮漢がすっくとかがり火の前にたちふさがった。

「だまれ、緑林好、貴様の主《あるじ》とたのむ日本の少年は、可憐そうだがもうこの世の人間ではないのだぞ」

少女貴美子は思わずはっとした。もしや……そう思うと、彼女の腕は知らずわなわなとふるえた。

「あの小癪《こしゃく》な少年は、崖を伝う途中、鉄線を断ちきられた。七十丈の断崖から、真っ倒《まさか》さまに墜落したのだ。今頃は、剣のような岩角で脳骨を粉砕され、狼の群れに、ぽりぽりと食《や》られているだろう、ははゝゝゝ」

かがり火は又一しきり燃え上った。意外な宣言に力を得た賊の面々は、手にした青龍刀をふりかざしつつ何事か大声に喚《わめ》きたてた。

「稲妻、もう最後だ！　お行き！」

たてがみを鳴らせた『稲妻』は、少女の命をきくや、猛然と躍り上った。

たちまち、修羅の巷はそこに現出した。『稲妻』が、賊の一人の首に食いつくと、噴水のような鮮血がさっと壁をそめた。刃、火、血煙、灰色な猛獣は魔神のようにその中を荒れ狂った。

「この不敵な女奴が！」

賊の一人は、短銃を少女に向けて引金を引いた。轟然たる音響と共に、白色の煙がぱっとあたりをこめた。呪いの弾丸は少女の玉の緒を絶ったか、声もたてず、少女はぱたりと後ろに倒れた。

「ははゝゝゝあわれな奴！」

大刀をひっさげた荒男が、のそのそと少女に近よったとき、突如、物かげからあらわれた怪しの影は、えいとばかり、大刀をふり上げて真っ向から袈裟《けさ》斬りにきりつけた。さっと散る血煙、電光のような手練の早業、その正体は何物か。怪しの影は、少女を小腋《こわき》にかかえると、そのまま、飛鳥の如く真っ暗闇の抜穴《ぬけあな》を伝って駆け出した。

二　正義の妖霊

時ならぬ猛獣の叫びと、剣戟《けんげき》の音とは、深夜の魔境を驚かした。

洞窟や、テントや、森かげに眠っていた五百の馬賊は武装して立った。彼等は魔の抜穴を伝って、蟻のように現場へと群ってきた。

敵の二、三十人を倒した『稲妻』は、ふと窓に前足をおいて谷底を眺めていたが、何を見出したか、一声高く哮《ほ》えながら、さっと風をきって、一方の抜穴を目がけて飛びこんだ。

「それ、逃げた！」

賊の面々は思わずも歓びの声をあげたが、誰一人後につづこうとする者はなかった。

「この裏切者の始末をつけよう」

あわれ緑林好は、荒縄をもって、高手小手《たかてこて》に縛められ、かがり火のもとに引き据えられた。

「俺が成敗してくれる！」

水もしたたる大刀を真っ向にふりかざした賊の一人は、このあわれな反逆者の側にすっくと立った。

「昔のなじみに、情けの一刀を見舞ってくれよう。冥途に行って、お前の主人と念仏でも唱えろ」

刃はきらめいた。水もたまらず斬り下した一刀は、あわれ犠牲者を真っ二つにしたか、その瞬間である。怪しくも黒い人影がぬっと窓の上にあらわれた。

「たわけ者！　冥途に在るべき主人はここにいるぞ！」

見よ！　窓の上の怪しき影は、さき程谷底に墜落した少年日出男である。

「見よ！　余は、汝等に計られて、一命をこの幽谷に落した日本帝国の健男児だ。しかし肉体は死すとも魂は死なない。余は正義の権化だ。亡霊となってこの窓にあらわれたのだ」

「亡霊？」

賊の面々は、この奇怪な言葉に肝をつぶした。皆物をも云わず、真っ青になってふるえ上った。

「そうだ。正義の妖霊は、今、汝等を一人も残らず、この窓から地獄の谷底に投げ飛ばしてくれる」

悠々と歩みよった少年は、手にした刃をもって、ふつりと緑林好の荒縄をたちきった。

「恐れることはない。さあ、立て！」

少年は、いきなり、前にいた大男の胸をとらえた。えいっと一声、賊の身体は、ぶうんと宙を飛んで窓に投げつけられた。あっという間もなく、賊の身体は窓の外のおぼろな闇にのまれた。断末魔の叫びが、幽谷の半ばから岩壁にこだましてひびいてきた。

「一人ものこらず成敗してくれん、賊共、神妙にそれへなおれ！」

第二の男に手をかけたとき、少年はちらと後ろを見た。そこには、ひそかにしのびよった覆面の曲者が、岩壁に身をよせ、少年を的に、ぬっと拳銃をさしむけているのであった。

「おのれ！　卑怯者！」

轟然たる爆音がとどろいた。急所をうたれたらしい少年は、ぱたりと後ろに倒れた。

「無念！」

大の字に倒れた少年は、身動きさえもしなかった。

三　覆面の曲者

「案外、もろい奴だ。亡霊なんて、馬鹿なことをぬかしやがった罰だ。間抜奴が」

拳銃の持主は、からからと笑いながら、静かに黒の覆面を取った。

「皆の者、俺だ」

「おお！　頭目《タンチャア（かしら）》だ！」

人々は、再び驚きの目を見はった。その覆面の怪漢こそ、実に彼等の頭領であった。かつて、馬もろともに、黄河の濁流に墜落した大男であった。

「頭目は幽霊じゃないでしょうな」

「ふふん、幽霊などがこの世に居るものか。俺は一旦黄河の流れに墜落したけれど、すぐ岸に泳ぎ上ったんだ。ところで、この少年は何奴だ。不敵な曲者じゃないか」

抜身の刃で、頬をうたれて、も早や息絶えたらしい紅顔の英雄は、身動きもせずぐったりとうち倒れている。

「花のような顔をしているけれど、鬼のようなしたたか者です。獅子をつれて、まるで神出鬼没の早業をやらかすので、人間とは思われないんです。現に、さっきも、崖の上から真っ倒さまに谷間に墜落していながら、また、幽霊になって、のそのそと崖を這い上って来やがったんです」

「何だって、幽霊だって？　そんな馬鹿なことがあるものか。お前達が間抜けているからだ。お前達が鉄線を切ったときには、もう此奴は窓に足をかけていたんだ。しかしこう云う風に、とどめをさして置きさえすれば、もう幽霊などは決して出て来はしない」

勇敢な少年は全くこときれたのか、いくら土足にかけられても、ぐったりして身動きさえもしなかった。

かがり火は消えかけて、鬼気人にせまると云ってもいいような悽惨《せいさん》の気があたりを包んだ。しばらくの沈黙がそこにあった。と、首領の壮漢は、きっと顔をあげて、

「おい、あの音は何だ」

成程《なるほど》、遠くの方で、騒々しい蹄の音、人の叫び。

「官兵に夜襲されたのかも知れない。皆出ろ」

手に手に武器をとった荒男達は、抜穴をくぐって走り出した。

「緑林好、お前はここで待っていろ」

壮漢は、こう云い残して地下室を出た。かがり火はすっかり消えて、物淋しい暗の中に、小英雄は冷めたく横たわった。緑林好は、愁然としてその側にひざまずいた。

四　樹上の怪物

少女貴美子を小腋《こわき》にかかえた怪しい影は、地下の抜穴を猿《ましら》の如く走った。黒の覆面をかけたその人はもとより何人であるか分らなかった。彼は、抜道から地上にあらわれると、そこにつないであった一頭の馬にまたがって、はっしと鞭をあてた。深林をくぐり抜けて、とある藪かげにきたときに、騎士は馬をとめて、ひらりと鞍から飛び下りた。

「貴美子！　貴美子！　僕だ！」

耳に口をよせて少女の名をよぶと、美しい少女はぱっちりと眼をあけた。

「僕だよ、兄さんだよ」

「まあ、兄さま！」

少女は兄の肩にだきついた。

「貴美子、お前、びっくりして気絶したんだよ。弾丸がお前の耳もとをかすめたんだ。何に、ちっとも傷なんか受けていやしないよ。もう大丈夫だ」

「兄さま、あなたどうして助かって？」

「またあとから話すよ。だが、貴美子、ずい分これから面白くなるよ。お前、一寸ここでまってお出で！　一戦争してくるから」

少女を薮かげに横たえた少年は、再びひらりと馬にまたがった。

まもなく彼は、洞窟の真上にあたる深林の中にあらわれた。そこには、テントがはって、馬賊の一味が露営していた。彼はその真っただ中に馬をつき入れた。

「土賊共、起きろ！」

声におどろいた荒男達が、手に手に炬火をとって飛び出したとき、少年は馬上高らかによばわった。

「この間の復讐にきたぞ！　さあ、勝負をしよう」

たちまち夜の静けさは破られた。千仭《せんじん》の幽谷を後ろにして、火の出るような乱闘は演じられた。

「獅子だ！」

いずこともなく忽然とあらわれた巨大な猛獣は、少年の馬前にあって、賊を睨みながら大地を掻いた。

右手《めて》に一丈の槍をしごく手練の早業は、賊共をおびえさすに十分であった。馬は右に左に駆けまわり、銀色の槍は竜蛇の如くぎらぎらと輝いた。

鬼神の勇ありと雖も、多勢に無勢、さすが勇少年も、次第に追いつめられた。絶壁の縁に馬をたてた少年は、しかし神色自若として更に動じなかった。

「喉が乾いてならぬ。誰か水をもて！」

少年は「死」を前にして、平然と云いはなった。この不敵な言葉には、さすがの賊共も舌をまかれた。

半月形に少年と獅子とを取りまいた三百余の馬賊達は、氷のような刃をならべて、どっと喚声をあげた。

「うち取ってしまえ！　後ろは百丈の谷だ。狼の餌にしてしまえ！」

この時であった。近くにある大木の幹の上から、怪しい黒い影が、猿のようにするすると枝を伝った。

「わははゝゝゝゝ」

突如、樹上の怪物は高らかに哄笑《こうしょう》した。

「…………?」

「何者だ！」

「わははゝゝゝゝうろたえ者、俺だ。天狗だ！」

聞きおぼえのある声に、もしやと、馬賊共はふるえ上った。

「亡霊だ！　正義の亡霊は、いつまでも、いつまでも、貴様達につきまとってやる。今度こそは、一人も残らず成仏させてくれよう。どれ一ぱい」

見よ！　樹上の怪物こそは、まさしく快少年日出男ではないか。いつのまに、どこを通って現われたのか、身に微傷だにも負わぬ怪傑は、右手《めて》に葡萄酒の瓶さえぶらさげているのではないか。

「ああ、うまい！　馬賊から奪った酒は一層うまい」

かつて谷間につき落され、二度目にピストルで心臓をつらぬかれた少年は、平然として葡萄の酒に舌つづみをうっている。

「さあ、これでよろしい」

ひらりと身を躍らせた快少年は、二丈余の枝の上から宙返えり、いきなり一人の賊を蹴飛ばして、ぬっとその鞍の上にまたがった。

第八回

一　両雄相会す

神出鬼没の少年が、ひらりと馬上に飛びおりると、荒男の面々は胆を消した。

「それっ！」

二人の少年と、猛獣『稲妻』とを囲んで、三百の銃口は向けられた。鬼神の如き少年も、火蓋《ひぶた》一度び切らるれば、蜂の巣の如く身体をうち貫らぬかれ、あたら惜しむべき一命を辺境の幽谷に落さねばならない。

「飛道具とは卑怯だ。腕でこい」

絶壁の真上に馬をたてた少年猛は、きっとして叫んだ。

「うて！」

あわや、引金が動こうとした時、賊達の背後から、飛鳥の如く駆け出した一壮漢があった。

「まて！」

大喝一声、両手をひろげて立ちふさがった大男、それはさっき、日出男少年を狙撃した賊の首魁であった。

「みな、その銃を下ろせ！　駄目だ、駄目だ！　日本の豪傑には、弾丸も何も通るものか。俺達は、とても、この豪傑にはかなわないんだ。いさぎよく仲なおりしようじゃないか」

この時、『稲妻』は、さも心地よげに、辺土の山河に轟《とどろ》くような声で咆哮した。その物凄い叫びをきいた馬も人も、云い合わしたようにぞっと立ちすくんだ。

「どうだ。皆不服があるか。あるものは出ろ！」

誰一人として前に出るものはなかった。皆だまって、首領の顔を見守っていた。

「よし、皆不服はないのだな。では、俺達は、今日から、この二人の英雄を頭領に推戴しよう」

黙ってきいていた数百の荒男達ははじめて、さも救われたような歓呼の声をあげた。急《きゅう》霰《さん》の如き拍手を送った。その時、

「いや、待ってもらおう」

馬上の少年日出男は、腕を拱《こまぬ》いたまま、突如こう云った。

「仲なおりは真っ平だ。それはこっちから断る。僕はさっきの喧嘩のつづきがやりたいんだ。馬賊の親玉になれなんて、けちくさいじゃないか。やろう。大いに喧嘩をやろう。そして腕ずくで雌雄を決しよう。その方が男らしい」

この不敵な言葉に、さすがの馬賊達も、すっかり荒肝をひしがれて、眼だけぱちくりさせた。

「いやしくも俺は日東の健男児だ。馬賊なんてドロ的には成下らん。ひかえろ！」

恐ろしい権幕にちぢみ上った頭目は、頭をぺこぺこさげて、

「いいえ、その……悪意ではないので……全くあの通り数百の部下が信頼しての上ですから……」

「だまれ、虫けら同然の奴原《やつばら》に信頼されて、それでうつつを抜かすような俺ではないぞ。俺は男だ。日本男児山内日出男だ。見あやまりをするな！」

「おそれ入りました。では……」

「其方《そなた》を初めとして、部下の面々、俺の従僕と相撲《すもう》をとれ！」

「従僕とは？」

「それ見ろ」

指さされた所には、猛獣『稲妻』が、炎のような真っ紅の口をあけてにゅっとつっ立っ

ていた。

「ひゃあ！　獅子ですか」

「あたり前だ！」

痛快無比の言動に、舌をまいていた猛少年は、この時、つかつかと歩みよって、

「山内君、僕は君と国を同じうする佐藤猛です。詳しいことは後から話すが、この男の言うことにも一応の理窟がある。とにかく、聞き入れてはやってくれませんか」

「佐藤君ですか。貴美子さんの兄さんでしょう。いや、あの妹にしてこの兄ありだ。朋あり遠方より来る、また快ならずやだ」

日出男少年は、いきなり猛少年の手を握って、

「両雄、異郷の天に相会す、また涙なからんや。よく無事でいましたねえ」

小英雄の眼には熱涙があった。感激にみちた無言の劇的場面がそこに展《ひろ》げられた。

「山内君、僕は君が、僕達兄妹のために、進んで死地に入られたことを感謝する。そして、更に、君が今後益々正義のために健闘されんことを心からお願いします」

「いや、有難う。僕も亦同感です。正義のために闘いましょう」

日東の小英雄山内日出男は、馬上すっくと容《かたち》を正し、極めて丁重な言葉で、

「諸君、さっきの僕の無謀な言葉を許したまえ。実は僕は諸君の心胆を練っていたのであ

る……」

堂々たる大演説がはじまりかけた時、数百の人々は再びあっけに取られてつっ立った。
「諸君、僕達はここで固き握手を交そう。刎頸《ふんけい》の交《まじわ》りを結ぼう。馬を改めて義となし、馬賊を化して義賊となすことを誓おう。北は蒙古高原より、西は天山山脈、南は崑崙《こんろん》山南に至るまで、神出鬼没、疾風迅雷、正しきを助け、不正をこらし、弱きを救け、強きをくじくことを誓おう」

たちまち、陰山山脈の連山をゆるがすような歓呼の叫びは上った。いずれの所か熱血なからん、賊の面々はかつて知らざりし侠勇の血潮が、自分の胸中に高鳴るのを覚えたのであった。

二　平和の眠り

平和はこの辺土の洞窟に甦《よみがえ》った。人々はまた安らかな眠りについた。

少年日出男は、猛兄妹と、緑林好と、稲妻とを伴って恐ろしい岩窟にはいった。高粱の葉を褥《しとね》に、彼等は疲れた身を横たえた。

「僕は黄河に墜落してから……」

猛少年は、横になりながら自らの冒険を物語る——彼は、山のような怒濤《どとう》と戦いつつ、半時間の後からくも敵を救い上げた。その犠牲的にして崇高な行為は、愚直な荒男の心を感激させるに十分であった。彼は、少年を自分に代って首領に推戴することを誓い、又妹貴美子の行方を明らかにすることも誓った。そこで二人がひそかに洞窟に帰って様子を見ると已に日出男少年の一行が乗りこんでいたのであった——

「だから、あの頭目は、もうその時から、ちゃんと私共に好意を持っていたのです」

猛少年の冒険談がすむと、今度は、日出男少年が、彼自身の痛快なそして得意な武勇談をはじめ出した。

「僕が鉄線を伝って下りようとしたら、奴等鋭利な刃物で針金を切断したんです。けれども、その時には、僕も、支那人も、ちゃんと下の窓に足をかけていた。大広間にはいった時あの頭目が出てきて、ピストルをうったが空砲で命《あた》らなかった。しかし僕は死んだ振りをしていたんです。そして、彼等が外に出てしまうと、むくむくと起き上って、間道から林の中にあらわれ、するすると大木の幹を上ったと言う訳です。あはゝゝゝゝゝゝ」

夜はふけにふけ、已に東には、花のような大きな明けの星が輝いていた。

「さあ、一眠りしよう」

たちまち、日出男少年の鼾声《かんせい》は雷の如くとどろきはじめた。『稲妻』は、小主人の顔の先きに鼻をつきつけて、さも安らかそうに眠り、緑林好は「や、また鼾《いびき》をはじめたな」とほほえみながら、これもうとうとと夢路にはいった。

まもなく、朝日がきらきらと窓をさした。眠りこんだ人々は一向起きようとはしない。日出男少年の腕時計はこちこちと音をたてて廻った。短い針は十時、十一時とさして行く。しかも夢は更に破れそうにもない。

十二時、一時、針はぐるぐると廻って行く。ふと眼をさましたのは妹の貴美子であった。

「何時かしら」

一時！　おやおや！　と思ったが、誰も起きそうにないので、彼女はまたごろりと横になった。

三時、四時、五時……今度は緑林好が眼をさましたが、

「何だ。まだ五時か。道理で少し淡《うす》暗い。どれ、今一眠り」

腹が妙に空いてはきたけれど、誰も起きそうにないので再び横になる。

六時、七時、あたりは全く夜の闇に包まれてしまった。部下の男が食物を持ってやってきた。

「もしもし、起きませんか」

「うむ。むにゃ、むにゃ……」

「もう起きてもいいですよ」

「ううむ。うるさい、誰だ」

ようやく起き上った日出男少年は、きょとんとして、

「おいおい、戯談《じょうだん》じゃないぜ。まだ夜が明けんじゃないか」

「明けて暮れたんですよ。とにかく御飯をおあがんなさい」

朝飯と、昼弁当と、夕御飯とを一緒に食べるおいしさ！

「実にうまい」

「うまいねえ」

「おいしいわねえ」

「うめえ、うめえ」

稲妻だけは黙っているけれど、のどを鳴らせているところを見ると、これ又中々おいしそうである。

「さあ、佐藤君、何と云ってもお互に父をさがさなくちゃならん」

「うむ、先ず八方に斥候《せっこう》を出そうか」

「よかろう」

参謀会議は、夕飯の中にすっかり出来上って了《しま》った。

その夜、数班の斥候が各地に向って派遣された。

三　敵近し

それから数日の後であった。

陰山山脈の連峰を馬蹄にふみにじり、突如ゴビの砂漠にあらわれた騎馬の一隊があった。

「西へ！　西へ！」

三百の騎士達は北方の天に闌干たる北斗を望み、西方はるかに紅の如き落日を指さしつつ、夜といわず昼といわず、砂塵濛々《さじんもうもう》、天空をおおって突進した。彼等は、勇敢なる二少年に統率せられたる義賊の一隊であった。

「君、見たまえ！　何という壮大な天地の姿だ」

「うむ！　敵を前にして眺める山河の美はまた格別だ。胸がぞくぞくする」

陣頭に駒をならべた二少年は、互に顔を見合わせてにっこりした。

「敵は嘉峪関《かこくかん》の西方、五十哩《マイル》の地点にいる筈だ。そこは祁蓮《きれん》山脈の真っただ中で人界遠く離れた秘密郷だ。そしてそこに、たしか君のお父さんがいる」

日出男少年は、斥候の報告により深く信ずるものあるが如く、きっぱりとこう云った。

「君、いよいよ、大活劇の幕はきって落されるぜ！」

愛馬『西風』は高らかに嘶《いなな》いた。獅子『稲妻』は、二隊の守護神の如く、自ら先頭に立って驀進《ばくしん》した。

「佐藤君、こうして万里遠征の途にあれば、そぞろ古英雄の覇図を思い出すねえ……」

そうだ。全くその通りであった。二少年の胸中には、いつのまにか、往古の勇ましい絵巻が眼まぐるしく次から次へと展開されていたのであった。

西暦紀元一千二百四十年、元の将抜都《バツ》は、兵五十万に将として、キルギス広原をすぎ、ブルカールを平げ、ロシヤに入り、モスコーを陥れ、キエフを抜き、長駆して波蘭《ポーランド》、匈牙利《ハンガリ》を侵し、北欧諸王侯の同盟軍を粉砕し、全欧州をして震撼せしめた。黄色人種が、世界史上、虹の如き気を吐いた大事実は、実にこの雄図をもって空前として又絶後とすべきであろう――

「も一度、元の世祖は生れないかなあ」

少女貴美子は、その美しい顔《かんばせ》に、さっと紅を散らしつつ、少年達の壮快な物語に耳を傾けていた。

荘厳な夕陽が、黄色な砂丘のかなたへ沈むと、夢の如き半輪の月が、東方の天に浮び出た。ここは寧夏《ねいか》を去る三百哩《マイル》、彼等の新戦場は、まさに二百哩の近きに迫ったのである。南方はるか、小手をかざして眺めやれば、蜿蜒山《えんえんざん》を這うて走る長城の壁！　おお万里の長城！　思い出多きなつかしの壁の色よ！　多感の少年の胸には、かつての美少女を救いしありし夜の思い出が新しく甦ってきた。

ふと猛少年がうたい出した馬賊の唄！

俺も行くから君も行け
せまい日本にゃ住み飽いた。
◇
海の彼方にゃ支那がある、
支那にゃ四億の民がまつ。
◇
白皚《がい》の雪の原、
俺の死場にゃちとせまい。

声は高らかにひびいて行く。

祖国《くに》を出る時きゃ玉の肌

今じゃ槍きず、刀きず。

「佐藤君！　見たまえ！　祁蓮山脈は、月光の中に眠っている！　お父さんは、あの山中で月影を仰いでいるのだ！」

敵近し！　駿馬『西風』は再び高く嘶いた。夜風はつめたく人々の頬をふいた。

第九回

一　怪火揚る

二少年と美少女とに率いられた騎馬の一隊が、濛々たる砂塵をあげながら、ゴビ砂漠南端を、西方へ嘉峪関《かこくかん》を突発して疾駆しつつある時、世にも不可思議なる物音が、彼等の耳を驚かした。

「おい君、あれは何だ」

日出男少年は、いきなり猛の腕を握った。

「あの音を聞き給え」

「うむ、銃声だな」

暮れ行く辺境のかなたに、魔物の如く起伏する祁蓮《きれん》山脈の高原、その真っただ中に於て、今耳をつんざく銃声は何物ぞ。

「旦那！　旦那！　官兵です！」

馬上身動きもせず、双眼鏡を手にしていた緑林好は、たちまち、おびえるような声で叫んだ。日出男は思わずぎっとして、

「何？　官兵だって？」

「そうです。ほうら、あれをごらんなさい。あの火を！」

いつのまにか、暮色は幽然と辺境の山地をこめ渡していた。その薄明のなかに突如として燃え上ったのは、一点二点三点不知火にも似たる怪火の影である。

「おお、火だ。あの火は何だ！」

怪火は、みるみる中に、天をも焦さんばかり、炎々と燃え上った。

「旦那、戦争です。戦争があったのです」

「戦争？　あれは戦いの烽火《のろし》か？」

「そうです。官兵と馬賊の衝突です」

「勝負は分らないか」

「官兵が負けたのです。無論……」

「ははは……」

少年は高らかに笑って、

「それは面白い。支那式だな。では緑林好、戦闘準備だ。すぐに斥候を出せ」

「誰を敵としますか」

「無論、弱き者を救おう。我等の敵は常に勝利者にあるのだ」

「承知しました」

初夏の緑にけぶる山地の一角に、三百の騎士達は馬から下りて銃をあらためた。剣をみがいた。命令一下、彼等は敢然と起って生死の境につくであろう。嵐の前の静寂がそこにあった。山雨まさに到らんとして風堂にみつ。軍馬はたてがみを鳴らして高くいなないた。

祁蓮《きれん》山脈の秘密郷、そこには恐ろしい牢獄があった。大陸の国事犯は、たいていこの魔境に送られて、厳重な守備兵の監視を受けていたのである。

支那動乱の最中にあたって、一名の日本人が、数名の支那人と共に、ひそかにこの牢獄に送られた事は、きわめて秘密裡に行われた為に、その守備兵と、天の星と月としか知る者はなかった。かくして冬は去り春はめぐってきたのである。

父を尋ねて辺土に相会した日本の勇少年が、この魔境の牢獄を探知して、一挙守備兵を粉砕し、あわれなる志士を救い出そうと、三百の馬賊に将として、万里長城の破壁を乗りこえ、西方さして疾駆しつつある時に、他の馬賊の一隊は、突如として西方からこの秘密郷にあらわれたのであった。

その馬賊は、崑崙《こんろん》山北に居城をかまえ、至る所略奪をほしいままにし、今や、この秘密の牢獄を襲撃して、重大なる囚人を拉《らっ》し去るべく、突如、守備の一隊に向って猛烈なる火蓋を切ったのである。

馬賊の面々は、高原を潮の如く殺到した。日暮るるに及んで、彼等は至る所に炎々たる烽火をあげ、真昼の如きその光に照らされつつ、まっしぐらに突撃して行くのであった。

守備の官兵は狼狽した。彼等は、無条件で、敵の要求を容れねばならなかった。彼等は、求めらるるままに、秘密の牢獄を解放した。そしてそこに幽閉せられたる数名の志士を馬賊の手に渡してしまった。

丁度その時、少年日出男に率いらるる義賊の一隊は、その秘密魔境の東方にあらわれ、八方に向って斥候を派遣しつつあったのである。

二　「西風」たのむぜ！

「佐藤君、たしかにここに君のお父さんがおられるらしい。ことによったら、僕の父もいるかも知れない。僕達はついに志を達したよ」

日出男は、さも満足そうに、友の手を固く握った。

「有難う」

こう云った猛は、ふと妹の顔を見た。花のような美少女は、もう眼に喜びの涙さえためているのであった。

「や、月が上った。いい月だなあ」

見よ、南の空に、ほのぼのと月影はまろび上ったではないか。

三百の騎士は、物音もたてず、酔えるが如く恍惚《こうこつ》とその黄色な月の出を眺めていた。粛々とわたる辺境の夕風は、人々の顔をふき駒のたてがみを乱した。

おお、なつかしき月影よ、かの月影は祖国の空に照る月であろう。父君在す辺土の天にかかる月でもあろう。月よ、昔の物語りせよ！

ほろりと一滴、白露の如き涙は英雄の頬にまろび落ちた。かつて涙を知らず、淋しさを知らざりし侠勇の熱血児は、今宵、月明の高原にしてしみじみと郷愁の情にうたれたのである。霜陣営にみち秋気清きところ、数行の過雁《かがん》月斜めならんとする時、思いをはるか故郷の遠征に馳せし戦国の武将の情は、今や、この紅顔花の如き勇少年の心でもあった。物いたましげに嘶《いなな》く軍馬の声。月の色。おお、いかに淋しくも勇ましき夕べなりしよ。

「放線《ファンシェル》！」

突如、誰かの叫び声が、少年の夢を破った。我れにもあらず深い物思いにふけっていた少年は、この時、きっと心を取りなおした。

「何、斥候が？」

英雄は詩人から再び英雄にかえった。剣を片手にきっとかなたを見ると、月光をあびた黒い影が、一つ二つ、ころぶように此方へかけてくる。

「頭目《タンチャ》！」

一人の斥候は、少年の姿を見た時に叫んだ。

「青海の馬賊が二百ばかり、官兵と戦いました。そして……」

斥候は、苦しそうにあえぎながら、

「官兵と講和して、官兵から、牢獄の囚人を奪い、又弾薬小銃を奪いました」

「うむ、そして、その囚人の中に日本人はいなかったか」

「はい、一人日本人がいたと云うことです」

この時、又一つの黒い影がかなたから走ってきた。

「頭目！」

「何だ」

「敵の馬賊は、三百ばかりいて、牢獄のあたりに露営の準備をしています」

「よし！　それで皆分った。好機逸すべからず。全員出動！」

青白い月光の中に、ピリピリと笛はひびき渡った。

「佐藤君！　面白いぜ！」

「うむ、腕がなる」

少年日出男は、背中に負うた大刀をぎらりとぬき放った。明晃々として、水もしたたる宝刀の冴え！

「稲妻！　稲妻！」

声に応じて、ぬっと姿をあらわしたのは、あの灰色の巨大な猛獣である。

「稲妻、しっかりやれよ」

英雄は、いつものように、愛馬の耳に口をよせて、

「西風、たのむぜ」

三　怪傑何人ぞ！

祁蓮山脈の秘密境、その魔境を目ざして、東西から、偶然にも相会した馬賊の二隊、今

やその戦の幕はきって落されたのである。

愛馬『西風』に鞭うって、自ら先頭にたった少年日出男は、敵の歩哨《ほしよう》線を突破し幕営を目ざして驀《まつしぐ》らに躍進した。たちまち非常を知らす合図の鐘は乱打された。武器を抱き、武装の儘《まま》に眠っていた馬賊達は、けたたましき物音にがばと飛起きた。

「来水《ライラスイ》！　来水！」

「風塵《フォンイン》！」

非常を知らせる馬賊語は連呼された。彼等はこの襲撃を官兵の逆襲と考えたのである。

「官兵が約を裏切って夜襲してきたのだ。憎い奴めが、皆殺しにしてしまえ」

敵の首領は、枕もとにあった銃を手にして天幕の外に飛び出した。

「そこなあわて者！　面を向けい」

背後にあたって、銀鈴をふるが如く、しかも大音声によばわる人の声。我れにもあらずあと振りかえった敵の首領は、思いがけもなく、そこに、純白雪の如き駿馬と、紅顔絵の如き美少年の姿を見たのである。

「今よんだのは貴様か」

「あたり前だ。尋常に勝負せよ！」

敵の首領は、夢かと驚いて、目をぱちくりさせながら、

「貴様は何奴じゃ。人間か。変化のものか。名乗れ、名乗れ」

「名乗れとあらば聞かせよう。聞いておどろくな。我れこそは朝日奈三郎義秀、又の名は山内日出男と申す剛の者じゃ」

ただの人間であると知った馬賊の首領は、たちまち、氷の刃をぎらりと引きぬいて、

「おう、小癪なことをほざく奴。笠の台を蹴飛ばしてくれん」

りゅうりりゅうと空をきりながら、雲つく荒男のつめよるのを日出男少年はからから笑って、

「汝等十人二十人恐るる身ではない。稲妻！　面倒だ。殺《やっ》つけてしまえ！」

天地もくつがえる大叫喚！　忽然とあらわれた狂える猛獣は、舌端炎をも吐かんずるばかり咆哮した。

「獅子だ！　獅子だ！」

馬賊の面々は真っ青になって縮み上った。

「臆したか！　卑怯者！」

つと駒をならべた快少年は、柔道三段の太い腕をぬっとまくった。はっしと腕をうたれた馬賊の首領は、思わず手にした刃をぽろりと下に落した。得たりとばかり、少年日出男はむずと敵の肩先を抱きしめた。

「さあ、どうだ、一命は僕の掌中にあるぞ」

人馬のとどろきは、魔境の静けさを驚かした。銃火のひびき、剣戟の音は物すさまじく反響した。

「命が惜しかったら、僕の命令を聞け。汝等が官兵から奪った日本人の捕虜を渡せ」

「そ、そ、それだけは……」

「不服か。それならば一刀のもとに生命を奪うぞ」

馬賊の首領は切なそうに、じたばたもがきながら、

「おそかった。もう殺してしまった！」

「何？　殺した？」

さすがの日出男少年も、この言葉を聞いて色をかえた。

「俺達はある大官にたのまれて、日本人の首を落しにきたのだ。そして、もう落してしまったのだ」

「何？　大官にたのまれて？　咄《とつ》！　刺客！　不埒者」

怒り心頭に発した少年は、えいとばかり、賊の身体を大地に投げつけた。

「大事をあやまったな！　この不届者！」

少年に率いられる義賊の一隊が、他の馬賊の露営にせまる一時間ばかり前のことであった。

天然の洞窟を利用した牢獄の戸が開けられると、一人の囚人が外に引き出された。それは数ケ月の牢獄生活に、衣破れ、髭がのび、其の何人たるかも分らぬように窶《やつ》れた日本人であった。

青海の馬賊達は、ある支那高官の委嘱を受けて、この日本人の首を得んがために来たのである。彼等は、完全に牢獄を占領するや、直ちに捕虜を引き出して処刑にとりかかった。あわれなるこの志士は、身動きもならぬ程に両手を縛せられ、月影もるる大樹のもとに立たせられた。彼は、さも無念そうにじっと唇をかんだ。

五、六人の支那兵は、この偉丈夫の心臓をめがけ、小銃のねらいを定めて立った。

「何か心残りはないか」

こう云った支那兵の言葉に、かっと両眼を見開いた豪傑は、

「黙れ、男児死するに当って何の心残りがある。さあ、うて！」

青白き月光は、木の間をもれて、ちらちらと志士の顔に躍った。

「うむ、剛胆な奴。よし、うて！」

あわや引金は動こうとした。轟然たる音響と共に、あたら勇士は鮮血にそまって打倒れ

たか。その一刹那であった。

「者共まて！」

割鐘《われがね》のような大音声と共に、闇の中から、すっくとあらわれた大快傑！　身に墨染の衣をつけ、手に数十貫の鉄棒をひっさげた雲つくばかりの怪僧である。

「やや……」

支那兵は仰天した。忽然とあらわれたこの今弁慶は、いきなりぶうんとばかり、数十貫の鉄棒をふり上げて身構えた。

第十回

一　何者？

辺土の洞窟に幽閉せらるること百有余日、今や名もなき雑兵の手にかかり、あたら惜しむべき一命を断たれようとした志士の前に、天から降りたか、地から湧いたか、忽然とあらわれた身の丈六尺有余の一快僧は、しばらく、大木の如き大鉄棒を、ぶうんぶうんと振りまわしていたが、やがてあわてふためく支那兵共を尻目にかけ、

「そこな蛆虫《うじむし》共、何をきょろつくのじゃ」

と一喝し、やがて志士に向って丁寧に、

「佐藤氏、御安心なされい。天空侠骨和尚は推参いたした」

巨人はいきなり志士を縛する荒縄に手をかけた。えいと一声、さしもの太縄も、腐れ縄のようにもろくもぽつりと断ちきられると、支那兵どもは益々狼狽して、

「逃がしてはならぬ。うて！　うて！」

銃をとり上げ、ねらいを定めるのを見てとった侠骨和尚は仁王のような両眼をかっと見開き、破れ鐘《われがね》のような大声で、

「何といたす。蛆虫共、ひねりつぶしてくれん！」

ぶうんと大鉄棒がうなりをたてると、五人の支那兵共は、たちまち横ざまに払われて、ばたばたと将棋倒しに飛ばされた。或る者の眼玉は飛び出し、或る者の背骨はへし折られ、或る者は首はもぎ取られた。

巨人天空侠骨和尚は、からからと打ち笑いつつ、

「佐藤氏、何と見下げた弱虫ではござらぬか。わっはっはっ……」

「危急を救って下され忝《かたじ》けない。御僧は如何なる人であられるか」

志士は、静かに頭を下げて、

「あやうく、辺土に一命をすてる所であった。千万忝けない」

「拙僧は先程申した通り、天空侠骨和尚と名乗るもの……」

「ではお国はどちらでありましょうか」

「白雲一片悠々たる所、山青く水清きあたりより参ったのじゃ」

「ふうむ、しからば、日の本の国と思うが、いかがでありましょうな」

「まことに日の本にして日の本にならず、佐藤氏……」

怪僧は莞爾《にっこり》としてうなずきながら、

「翼生い立ちし鷲の子には、もとの棲家《すみか》はあまりにも狭かろう。猛鳥には、広々とした万里の天がござる。長江一千三百里、ウラル、アルタイ、崑崙《こんろん》、ヒマラヤ、拙僧に取っては箱庭じゃ。だが佐藤氏、巣立ちをした雛鳥も、やっぱり古巣は慕うものじゃ。放浪二十有余年未だ御国の御恩を忘れたことはないのじゃ」

おお、この墨染の快行者こそ、実に痛烈なる愛国の侠血児であったのだ。

「佐藤氏、幽閉の御身には知れなかったであろうが支那の政局は走馬燈の如く転回した。今まさに英雄中原に鹿を追うの時である」

怪僧はこう云いながら、一刀をもって大樹の幹を白々と削り、墨黒々と、

『天空侠骨和尚、一時志士を預るもの也』

と認《したた》め、

「いざ、佐藤氏、崑崙山南の隠家に向おうではござらぬか」

と、志士は一頭の馬をすすめ、自らもまた鹿毛たくましき駿馬にまたがり、鉄棒を小脇に、はっしとばかり鞭をあてた。

彼等の行手には月光の闇が拡がっていた。

二　戦のあと

いずこよりともなく、飄然《ひょうぜん》とあらわれ、又いずこへともなく飄然と立ち去った豪俊の怪傑、天空侠骨和尚とは何人か。いかなる人も彼の正体を知ることは出来なかった。

この奇怪な豪傑が、志士と共に、馬に鞭うって駆け去ってから、約二時間ばかりの後、一勇少年に率いらるる義賊の一隊が、この牢獄をめぐる幕営を襲うたことは、已に読者諸君の知る所である。

志士を引き出して、その首級を獲るように命じた馬賊の首魁は、五人の部下が、ことごとく大鉄棒の一撃に斃《たお》されたとは夢にも知らなかった。彼は、已に志士の一命は刑場の露と消えたことを信じ、枕を高うして夢路をたどったのである。

少年日出男は、求める人が、已に非業の横死をとげたとき、憤怒と失望とで、思わずも歯をくいしばったが、せめて亡骸《なきがら》でもおさめ、不死の雄魂を弔おうと、馬賊を先きにたてて、処刑場に来て見れば、消えのこりのかがりの火の光に照らされて、あたりには頭骨を粉砕された支那兵の死骸がごろごろと横たわり、目ざす志士の姿は影もない。

「志士は逃げたのかな」

くまなくあたりをさがすと、ねじきって捨てた荒縄がとび大樹の幹は白々と削られて、そこに一行の文字がしたためてある。

炬火をつき出して眺めていた少年は、

「ふうむ、天空侠骨和尚というものが、志士を助けて行ったのだな」

と、ほっと胸をなで下ろし、

「佐藤君見給え。日本の志士はまだ生きている。貴美子さん御安心なさい。お父さんらしい人は無事です」

猛少年は、つくづくと支那兵の死骸を見廻わして、

「山内君、天空侠骨和尚なる者が、蛮勇をふるったと見えるね」

「うむ、この様子では、余程の豪傑と見える。一撃のもとに彼等を斃したと思われる。だが、この豪傑は何者か知らん。日本人と僕は思うが……」

「無論そうだろう。しかし、どうしてこの魔境に来たのか。又一体どこに逃げ去ったのか。さっぱり分らない」

「全くそうだ。しかし、志士が、危機一髪を救われたと云うことは、何と云ってもうれしいことだ。僕等は、どこかで、必ず彼等にあうことが出来る。今夜はもう休もう。僕達の

手で志士を救うことは出来なかったのは残念だが、その代り三百の馬賊を新しく部下に編入することの出来たのは何と云っても痛快だ」

その夜、二人の少年と妹の少女とは、天幕を木の間に張り、青草の上にごろりと横になった。

高く上った月影は、美しい光をテントの上に投げた。とろとろと燻りながら燃える焚火の煙は、彼等の夢をのせてゆるやかに上った。

夜は更けにふけた。烈しい戦のあとの静寂が、辺境の陣営を包んであらゆるものは皆眠った。月と風と、時々軍馬のなき声と歩哨の足音と、起きているものはただそれだけであった。

三　五月の朝

曙が東の空にせまった。

爽やかなそよ風が、さらさらと若葉の梢を渡ってきた。ほろほろと露がこぼれた。

山の小鳥がなく前に、先ず眼をさましたのは、いつものように獅子『稲妻』であった。

天幕の入口に、守護神のように踞《うずくま》っていた『稲妻』は、大きな欠伸《あくび》をつづけざまに三つして、のそりと起ち上った。

朝日の光が、きらきらとさし渡るころ、陣営の人々は起き上った。人々はみな、銘々の部署についた。

糧台《リャンタイ》は、兵卒を指揮して炊事に忙しく、軍需《ジュンシュー》は、新しく編入された隊員に対し、武器弾薬被服の給与に血眼になっていた。拉線《ラーシェル》は地図を案じ、砲頭《パオトウ》は行軍の準備にとりかかっていた。そしてすべての用意は出来上った。

二少年が起き上った時には、もう日も高く上って、小鳥がやかましい程木の上でさえずっていた。名も知れぬ草花が、陽の光をあびて薫っていた。

「稲妻！　稲妻！」

日出男少年は、入口に出て大声によんで見た。そこには獅子の姿はなかった。

「おうい、稲妻、どこにいるんだ」

「うおう」

すさまじい唸り声と共に、叢《くさむら》の中から、ぬっと姿をあらわした『稲妻』は、何か食べていたと見えてまっかな血で口をそめていた。

「なあんだそこにいたのか。おやおや、何か食べているな何だい」

少年は近よって、からからと笑いながら、

「なあんだ小兎か。食いしんぼう奴が。稲妻！　いいか、そんなけちくさい事をやるなよ。小兎なんて……」

時計はまさに九時半。

旭光をはらむ朝風のすがすがしさよ。

やがて、出陣の用意は整えられた。

「よし！」

大刀を肩に、ひらりと『西風』にまたがった少年日出男は、砲頭に向って、何事かを目くばせした。

たちまち嚠喨《りょうりょう》たる喇叭《ラッパ》の音が、全山の空気をふるわせた。六百の騎馬の面々は、あちらこちらの木の間からあらわれた。

「貴美子、お前疲れちゃいないか」

「いいえ、お兄様」

陣頭に駒をたてた二人の美しい兄妹は、互に相顧みてこう云った。

「貴美子さんの顔色は、今日はとりわけ晴やかに見えるよ。万緑叢中紅一点《ばんりょくそうちゅうこういってん》だな。あはは……」

日出男少年は、さも愉快そうに笑いながら、

「貴美子さん、これから中々面白いことがありますよ。北半球の夏はこれからだ。支那七十一万余里、人跡まれな辺境に広大無辺なる山河の姿を見、又、その山河にもまして雄大な人間の魂を眺めるとは何という痛快なことでしょう」

少年の言葉には熱がある。少女はほほえんでその勇壮な言葉をきいている。駒は行く。陽は照る。風は薫り、青葉はかがやき鞍は鳴る。あらゆるもの、みな美しき五月の朝である。

四　見よ！　猛火の天

六百の騎馬の一隊が、蜿蜒《えんえん》長蛇の如き列をつくって、山を越え、谷を渡り、西へ西へと進むこと十幾日、その間、雨の日もあれば、風の日もあった。月影白き朝もあれば、落日紅き夕もあった。

又ある時は、官兵の一隊と衝突して、馬上三軍を叱咤したこともあった。又ある時は、木の下かげに露営してはるかに祖国の母を夢みたこともあった。

西へ！　西へ！　父在すべき西の空へ！　彼等は西安をすぎ敦煌《とんこう》をよぎり、ついに天山山脈に近くさしかかった。

ある夕陽赤き夕べであった。山間の林中に露営の準備をした少年は、ただ一人馬に鞭うってとある丘の上にのぼった。

西北のかなたをはるかに眺めやれば、天山南路の黄色な砂漠が果しもなくひろがっていた。血のような夕陽の光が、その茫漠《ぼうばく》たる砂丘をまっかにそめて、今や音もなくかなたの空に没しようとしている。

父を尋ねて幾百里、いずこの地にか相見るを得るであろう。思えば心許なき旅なるかな。少年日出男は、『西風』のたてがみを撫《な》でながら愁然として立った。

山川草木　慨《うたた》荒涼

十里風腥新戦場

いずこともなく朗々として詩吟の声が聞える。

ふと見れば、丘の彼方に、猛少年が駒をたて、夕日に向って詩を吟じているのである。

征馬不行人不語

金州城外立斜陽

声はもの恨《うらめ》しくひびいて行く。側には美少女貴美子が、胸に手をあて、その悲しき歌にうっとりと聞きほれている。彼等兄妹も、同じく郷愁の情に堪えぬのかと、少年日出男はほろりとした。

夕陽の影は全く沈んでしまった。青いそしてほのかな夕闇があたりをこめ渡した。しかし、兄妹は動こうとしなかった。猛はうっとり暮れ行く空の残光を眺めて立っている。貴美子は、合掌し首《こうべ》をたれ、今や夕べの祈りをこめているらしい。風もなく、音もない。すべてのものは眠れるが如く静かである。星は空に輝いた。しかし三人は、しばらく丘を下りようとはしなかった。


夜はふけて行った。

いつものように、天幕の中に眠っていた二人の少年は、時ならぬ物音におどろいてがばと起き上った。

「何事だ」

緑林好が天幕の入口に顔をつき出した。

「旦那、戦争です」

「何？　戦争？　どこだ」

「向うの村落が猛火に包まれています。たしかに、官兵が村落を奪略していると思われます。斥候の報告です」

「ふうむ。官兵が良民を苦しめる。よろしい。民を救ってやろう」

天幕の外に飛び出して見ると、すぐ向うの天《そら》が真っ赤に焼けて、銃声が豆をいるように聞えている。

「それ！　早く！」

たちまち、出動の喇叭はけたたましくなり渡った。

第十一回

一 来れ！ 大陸の王者！

炎々天を焦して渦まき上る猛火の真っただ中に、小英雄に引きいらるる騎馬の一隊は、突如として英姿をあらわした。

「不届千万なる官兵共、駒の蹄に蹴散らしてしまえ！」

銃剣はひらめき、喚声はあがる。英雄山内日出男は、駿馬『西風』に鞭うち、さっと風をきって、猛火の中に乱入した。

良民を襲うて物資を略奪せんとした官兵の一部隊は、突如として猛火の中にあらわれた騎馬の大軍にあわてふためいた。

「天魔だ！ 天魔だ！ それ逃げろ！」

我れ先きにと潰走《かいそう》する後ろから、少年日出男は日本刀をりゅうりゅうとうちふりながら、

「何を逃すものか。者共追え！」

声に応じて真っ先に立ったるは、この英雄が股肱《ここう》の臣、忠勤ならびもなき豪傑『稲妻』である。

「おう、出かしたり、稲妻！　そこな虫けら共をふみつぶしてしまえ！」

猛獣は王者の如くさっとたて髪をふった。牙をならした。生きとし生けるものは、息とめて立ちすくむかと思われるばかりの大叫喚は、たちまち天地をゆり動かした。

「うむ！　珍らしや、大陸の王者！」

獅子まさに炎を蹴って躍り入らんとする一刹那、行手にあたって、忽然とあらわれたる雲つくばかりの一壮漢があった。

「汝、辺境の勇士、余は霊界の覇者なるぞ。いざ、自ら相手となって遣わさん」

身に墨染の衣をまとい、手に百貫の鉄棒をひっさげたる一怪僧は、件の鉄棒をば、目もくらむばかり、縦横にうちふりながら、

「さあ、来い。どこからなりともやって来い」

さしもの『稲妻』も、あまりの物すごさに辟易《へきえき》したか、ただ空しく前足で大地を掻きながら咆哮した。

「うむ、臆したか。勇士にも似合わぬ奴。よし、組討ちじゃ」

がらりと鉄棒を投げすてた怪僧は、いきなり隆々たる腕をまくって進み出た。

「こりゃ、獅子！　汝、獣と生れて天下の剛の者と勝負をするのじゃぞ。冥加《みょうが》な奴！」

あまりにも大胆不敵な勇士の出現に、あっけに取られつつたっていた馬上の少年日出男は、この時ふと我れに帰った。彼はひらりと馬から飛び下りて、今しも蹴りかかろうとする『稲妻』のたて髪をむずと握った。

「稲妻！　まて！　俺が相手になろう」

花の如き美少年は、怒れる猛獣を後ろにかばい、きっと容《かたち》を正して叫んだ。

「御身何人ぞ。余は大日本帝国の少年山内日出男と申す者である。この獅子は余が忠実なる従者だ。望みとあらば、余自らが相手になろう」

「ううむ、大日本帝国の健男児とな。そうか。やはり官兵の一味ではなかったのか……」

思いがけなく、その言葉はなつかしの日本語である。ふと心に思いあたった日出男少年は、

「さては御身は……」

「蛮勇侠骨和尚と申すものじゃ」

「おお！　そうですか。それは失礼しました。あなたは、祁蓮《きれん》山脈の牢獄から、日本の志士を救い出して下すった方であろう。我等は、今日まで、あなたの行方をさがしてきたも

のです」

「いかにも、自分は日東の志士佐藤氏の危急を救う光栄を担った。今夜、官兵の襲撃する所となり、両人の運命まさに窮まらんとしたが、図らずも御身達の来援を受けたのであったか……蛮勇侠骨和尚、千万忝《かたじ》けなくお礼を申し上げる」

両雄は互に手を握り合った。

猛火の天には銅《あかがね》色《いろ》の月影が、ただ一つ淋しくかかっていた。

二　さらば小英雄

その夜、露営のテントは賑やかな笑声でみちた。

勇敢なる志士佐藤は、半ケ年に亙る奇しき運命の物語をはじめた。少年日出男は、万里の長城の落日の美しさから説きはじめて、今日に至るまでの数々の冒険談を物語った。

名も痛快なる蛮勇侠骨和尚は、そのあとにつづいて、三十年にあまる自らの放浪生活を語りはじめたが、その未だ十分の一も終らざるに、早や東の空はほのぼのと白み渡った。

「俺の話は三日三晩かかってもすむまい……どうじゃ。面白いかな」

豪傑は象のような腹をゆすぶって笑った。日出男少年はにっこりして、

「面白いですな。無尽蔵だ。何しろ、あの偉大なるお腹から湧き出してくるんだから……痛快だなあ」

「蛮勇侠骨和尚一代記を書いたらどんなもんだろう」

「大当りですな。水戸黄門や宮本武蔵なんどの群小講談じゃありませんからな」

和尚の大講演は、こうして、とうとう、三日三晩つづいてしまった。この三日間の休養は、日出男少年はじめ、勇士の面々に、非常な精力を培った。

三日目の晩のことであった。侠骨和尚は、一枚の地図を少年の前に拡げて、

「俺は、こう云うことを聞いた。去年の冬、一人の日本人が国境の方に送られたというのじゃ――つまり、このあたりじゃが……」

指さされた所には、サヤン山脈、阿爾泰《アルタイ》山脈が横たわっていた。

「このあたりを、隈なくさがしたら、君のお父さんを見出すことが出来るかも知れない」

「そうですね。僕行って見ましょう」

日出男少年の瞳は、澄みきった秋の空のように美しく輝いた。

「僕は単身、外蒙古を踏破して、バイカル湖畔のイルクーツク南方をよぎり、西比利亜《シベリヤ》鉄道の西方から、サヤン山脈にはいって見ましょう。皆さんは、ここから六百の義賊をひき

つれて、一先ず満州の方へお帰り下さい」

「それはいけない。境土の旅行は危険だ。僕もお伴をしよう」

先ずこう云って進み出たのは少年猛であった。従者緑林好も膝をのり出して、

「旦那、私も連れて行って下さいませんか」

「いや、諸君の御好意は有難い。しかし、僕は、結局一人の方が気楽でいい。今まで、貴美子さんのために小さいながら努力をつづけて来たが、目的は完全に達せられた。これで僕は安心だ。今日から、又もとの漂浪生活に帰らなければならぬ」

英雄の決心は巌《いわお》よりも固い。説きさとすことの不可能なるを知った侠骨和尚は、

「うむ、男児の意気は山を抜く。英雄向う所、いずれの所か青山なからん。いずれの地か江月照らさざらん。好漢まさに行くべしじゃ。振え！　快男児！」

「では、我々は、六百の騎馬の一隊を数部隊に分ち、科布多《コブド》の盆地から、阿爾泰山脈によじ上り、木の根を分けても必ず志士をさがし出すことにしてはどうだ」

猛少年の父佐藤が、一同を見廻わしながらこう云うと、侠骨和尚は莞爾《にっこり》として、

「よい哉。では、今宵、健男児を送るべく訣別の宴を開こうではないか」

「うむ、それがよい」

心ばかりの酒宴の席は設けられた。薄暗い焚火の影は、めぐる盃にちらちらと蹴った。

並居る人々の両眼には熱涙が光った。

　その夜は明けた。朝日の光がきらきらとさし渡る時、少年山内日出男は、ひらりと愛馬『西風』にまたがった。

「さあ、稲妻行こうぜ」

　人々はテントの外に立ち、今しも万里の遠征に向う勇士の首途《かどで》を見送った。

「左様なら」

　勇士は一度び後ろを見かえった。

「左様なら」

「万歳！」

　少女貴美子の両頬には、露の如き熱涙がほろほろと伝わった。

三　何者ぞ

　愛馬『西風』と、獅子『稲妻』とをひきつれた小英雄は、外蒙古《アウターモンゴリア》をセレンガ河に沿うて北上し、一度びバイカル湖畔にあらわれ、更にイルクーツクの南方をよぎり、ついに唐努烏梁海《タンヌウレヤンハイ》の山地にはいってきた。

行けども行けども、山嶽重畳天を摩してそびえ、訪うものとては、月と星と雲と風とより外は何物もない。尋ぬる父の姿はおろか、辺境の天地には人跡絶えて、その寂寥は言語に絶している。

やがて春は逝《ゆ》き、夏はすぎた。その間、落日紅き夕べがあった。満月青き夜半があった。あやめも分ぬ豪雨の朝もあれば、夕霧山野をこめ渡す黄昏もあった。日東の小英雄は、その長い月日の間、ただひたすら父の安否を気づかいつつ、西へ西へと果なき旅をつづけた。山上に立って、大シベリヤの高原を俯瞰《ふかん》する時、英雄の血は鳴り肉は躍った。月中天にかかって露営の夢つめたき時、詩人の胸は淋しくも和やかにうちしめった。

少年日出男は、エニセイ河の峡谷に沿うて下ること十幾日、ようやくにして国境サヤン山脈の真っただ中に到着した。

「西風！　稲妻！　遠くきたねえ。本当にここは御国を何千里だよ」

とある岩窟の前に駒をとめた少年は、はるかに暮れ行く夕陽の影を指さしながら、

「ここが国境だよ。見ろ！　稲妻、いい景色じゃないか。万里の長城の春の夕日も、丁度こんな色だったねえ。でも、もう秋だよ。ほうら、あんな虫がないている」

人間に話すように云いきかせると、『西風』も『稲妻』も、主人の心が分ったのか、う

っとりと夕日の光に見とれて立っている。

「今夜は、この岩窟の中で寝よう。稲妻、見ろ、大きな河じゃないか。これがエニセイ河というのさ。すばらしく美しい夕栄えだなあ……」

『稲妻』は、しかし、さも淋しそうに、じっとつったち、黄金にちらつく、河の面を見入っている――

「稲妻！　淋しいのかい。女々しい奴だな。僕が詩でも歌ってやろうか」

夕陽の光がうすらぐと、紫色の暮色は幽然と河畔の岩壁の中に湧いて出た。

――東西南北幾山河
　春夏秋冬月又花

少年は高らかにうたい出した。

　征戦歳余人馬老
　壮心猶是不レ憶レ家

――

その夕べ、岩窟に露営の準備をととのえた少年日出男は、『西風』と『稲妻』とに平和な眠りを与え、自らも亦岩の一角を枕とし、ごろりと横になると、そのまま深い眠りに陥てしまった。境土の天地は寂然と静まった。まもなく仲秋の月影は東南の空に浮び上った。

「日出男！　日出男！」

ふと耳もとでささやく人の声がした。深き眠りの少年は、その声に驚いてぱっちりと眼をあけた。

「おお！」

少年は、あまりの驚きに、我れを忘れて起き上った。

「おお！　お父さん！」

見よ、そこには、衣やぶれ、髭のび、あわれいたましくもやつれ果てた父が、両手をいましめられ、一壮漢に守られて悄然《しょうぜん》と立っている。

「お父さんですか。日出男はお父さんを尋ねて来たのです。もう大丈夫です」

「日出男、有難う。だが、父は助からぬかも知れぬ。これが今生の別れかも知れぬ」

「何を仰《お》っしゃる。守備兵の二十人や三十人、僕は恐れません」

この時、父の背後に立っていた一壮漢は、洞窟もわれるような声で一喝した。

「黙れ！　小僧！　運命はすべての生死の上にあるぞ。刃向うなら刃向って見よ！」

「何を！」

躍りかかって組み伏せようとするが、どうしたことか手足がたたない。

「稲妻！　稲妻！」

よべど叫べど、『稲妻』は昏々と眠って、更に動こうとしない。

「うむ！　残念！」

胸をひっかいて悶《もだ》える中、彼はふと我れにかえった。うれしや、それは夜半の夢ではないか。

「ああ！　夢か！」

汗をふきながら起き上ると、月光は真昼の如く洞窟の入口を照らし、はるかにエニセイ河の流れがきらきらと輝くのが見られた。

「稲妻！　稲妻！　おや、稲妻はいないのか」

少年は枕もとの剣をとって外に出た。絵のような月影が空にあった。

「おお！」

何かの物音に耳もそばだてた少年日出男は、愕然と息をころして立ちすくんだ。

第十二回

一　絶壁の上

真昼のような月の光、水煙たちこむるエニセイ河の峡谷には、神秘とも云うべき静けさがあった。

剣を取って洞窟を出た少年山内日出男は、ふと怪しき物音に耳をそばだてた。

「おお！　尺八の音！」

夢幻の如き仙境の静寂を破ってひびき来る嘹喨《りょうりょう》の音！　その尺八の音こそは、まごう方もなき名曲『千鳥』の調べではないか。

「おお！　あれは千鳥の曲！」

少年山内日出男の若き血潮は一時に高鳴った。彼は息を殺してじっと耳を傾けた。

人跡遠きこの幽谷に、心ゆたけく笛ふきならす風流の士は何人ぞ。

「日本人にちがいない。お父さんだ。そうだ、お父さんにちがいない」

紅顔の小英雄は、我れを忘れて叫んだ。

「月明のエニセイ河畔に於て、僕はついにお父さんを見出した。何たる美しき詩ぞ！」

澄み渡れる笛の音は、露と月光との中を、すきとおるようにひびいて行く。満月の影は中天にさえ、仙境は寂として静まっている。

「稲妻！　おうい！　稲妻！」

見よ、稲妻は、巨岩の上に這い上り、きっと前足をたて、眠るが如く黙然と笛の音に聞き入っている。月光は、雨の如く彼の半身にふりそそいで、その壮厳さをえならぬものにしているではないか。

「おうい、稲妻！」

再び名をよばれた獅子『稲妻』は、きっと後ろをふりかえり、そのまま、ひらりと岩から飛び下りた。

「稲妻！　喜んでくれ。とうとうお父さんのありかが分ったよ」

再び岩窟に帰った少年は、愛馬『西風』に鞍を置き、拳銃の弾丸を改め、大刀の刃先きをしらべた。

「さあ！　行こう。あの音をたよりに！」

小英雄は、月光を満身にあびながら、ひらりと鞍上の人となった。

奇しき笛の音は、高く低く月光の河畔にひびき渡る。奇岩怪石そそり立つ絶壁の下をたどって行く黒影三つ。

「新羅三郎義光ではないが、月下に笛ふいて思いをやるとは何という風雅な心か。英雄閑日月ありとはこの事だ。だがあまりに夢幻にすぎ、詩的にすぎている。僕はローレライのような金髪の少女にまねかれて、魔の淵に引かれているのではなかろうか」

少年日出男は、心ひそかにこんな事も考えたが、又、おろかな空想を笑って、

「そんなことは断じてない。しかし、あの千鳥の曲は、なぜかように悲壮にひびくだろう。もしかすると、命《めい》まさに旦夕《たんせき》にせまったお父さんが、今生の思い出に、心ゆくばかり吹きならす一曲であるかも知れない。そうだ。そうなれば一刻も猶予はならぬぞ。ね！　西風！」

笛の音は益々近づいた。『稲妻』は、ふと立ち止って空を仰いだ。

「おお！　笛の音は、あの絶壁の上から聞えてくるぞ」

見上げれば月光の空に屹然《きつぜん》とそびゆる剣の如き断崖！

「おお！　古城趾！」

しばらくつっ立っていた少年日出男は、突如愕然とおどろいてこう叫んだ。

二　月明かりの夜に

玲瓏《れいろう》水の如く澄み渡った月明かりの空に、影黒々と隈取られ、巍然《ぎぜん》としてそそり立つ古城のあと。世にも妙なる名曲『千鳥』はその上層部より嚠喨とひびき出るではないか。

「サヤン山脈の真っただ中にこの不可思議なる古城趾。実に伝奇小説《ローマンス》そのものだ。この古城趾こそは、かつて東方欧羅巴《ヨーロッパ》を蹂躙《じゅうりん》したる先の英雄抜都《バツ》の築く所か、それとも、西暦紀元一六一八年、コサック騎兵が、エニセイスク府を創立したるとき、辺境の守りとして築きし所か。いずれにせよ、こうした仙境に、こうした古城を見出そうとは思わなかった。稲妻！　西風！　痛快だなあ。男の子と生れた僕等は何たる名誉か！　何たる冥加か！」

月はますます冴え渡った。愛馬『西風』は純白雪よりも美しく、獅子『稲妻』は、颯爽彫像よりも雄々しかった。

「僕等が尋ねてきたお父さんは、この古城の上に幽閉されているのだ。一挙城門を粉砕し、塔上高くかけ上り、日頃蓄えたる日東健男児の腕を見せくれん」

腰間三尺の秋水は、たちまち、きらりと月光に輝いた。

「さあ、何奴でもやってこい。家伝重代の宝刀を見舞ってくれる」

日本刀縦横にうちふって小手を改めた小英雄山内日出男は莞爾《にっこり》として大刀を鞘におさめ、

「稲妻！　ここから城門に通ずる間道があるに相違ないぞ。汝霊あらば、速《すみやか》に先導せよ！」

獅子『稲妻』は、うおうとひくくうなりながら、闇の中を見すかすこと一瞬時、たちまち、さっと風をきって躍り出た。

断崖の一角に、秘密の間道を見出したらしい『稲妻』は、月光もるる巨岩の間を伝って、猿の如くかけ上る。

「おお！　出かしたり、稲妻！　進め、西風！」

小英雄ははっしと鞭をあて、駒の蹄に紫の火花を散らしながら、勇気凛然として邁進した。

月光はちらちらと、エニセイ河の流れにくだけていた。

ここは、秘密古城の最上部である。仲秋の天水の如く澄み渡り、月光隈なく下界を照らす折から、面やつれしたる白衣の捕われ人ただ一人、月に向って名曲『千鳥』を吹きすさんでいる。

「ああ、隈なき明月の夜よ」

英雄何人ぞ。彼こそ日出男少年の慈父、極東の侠勇児山内武比古その人である。

「夜はふけた。今夜十二時をすぐる一分、已にわが一命はないのか。男児死を恐るるにあらねども、かく辺境の露と消ゆるはあまりにも無念じゃ」

エニセイ河畔の古城趾には、労農赤軍の守備隊が、重大犯人を幽閉して、蟻のはい出るすき間もなく厳重に護衛しているのである。山内武比古は、一度び支那軍隊の監視から脱走して、クラスノヤルスク及びトムスク地方を放浪中、軍事探偵の嫌疑をうけて赤衛軍の手に捕えられ、この古城趾に幽閉さるること数ケ月に及んだのである。しかして、彼は今夜正十二時を期し、あわれ処刑場の露と消えんとしている。

「三五夜中新月色、二千里外古人心――ああまことに祖国の慕わしき夜半である――」

英雄は憮然として月影を仰いだ。

間道を伝って城門近くあらわれた馬上の小英雄は、腕時計の面を月光に照らしつつ、

「十一時五十分！　夜はようやく深し！　稲妻たのむぜ！」

月はさえにさえた。天地は物音もなくひっそりと静まりかえった。

三　乱闘又乱闘

河畔の絶壁にそそり立つ怪しき古城、その城門をめぐってかがり火が真っ赤に燃えている。月光に銃剣をきらめかす赤露の守備兵が、黒い影を地にひいてじっと立っている。

少年山内日出男は、彼等の面前にすっくとあらわれた。

「頼もう！　守備の勇士達に物申そう」

思いもよらぬ人の叫びに、二、三の歩哨は眼を見はった。

「誰か？　何者か？」

銃は少年の心臓に向って擬せられた。

「余は大日本帝国の健男児、父山内武比古を受け取りに参った」

紅顔花に似て、しかも侠勇猛虎の如き勇少年眼ざむるばかり美しき白馬の鞍上によばわると、守備兵達は、氷の如き銃剣を構えて、

「山内を？　いや渡すことはならん」

「命にかけてもか？」

「もとより」

「よし！　ほざいたな。それでは、日東の英雄が、一命にかけても奪って見せる」

危機は迫った。殺気はみちた。非常の鐘が乱打されると、城門をおし開いて飛び出す守備兵の面々、霜柱の如き刃の尖先《せんさき》をならべて少年の周囲を取り囲んだ。

「何を！　小癪な！　西風！　恐れるな！」

少年はすらりと大刀をひきぬいて、

「さあ来い！　片っぱしから撫で斬りだ。稲妻！　稲妻！　蛆虫《うじむし》共をふみつぶせ！」

「うおう！」

物すごきうなりをたてた灰色の猛獣は、さっと闇の中から躍り出た。

「おう！　獅子だ！」

「うて！　うて！」

たちまち一発、二発、すさまじき銃声は、深夜の静寂をふるわせた。

「不思議な物音！　何事か？」

谷から谷へとひびき渡る銃声と、耳をつんざく猛獣の叫び声におどろいた塔上の英雄、山内武比古は、ふと尺八を下におき、月光の窓に半身をのり出し、きっと下を見おろした。

城門の前は乱闘の真っ最中である。月光ま昼の如く照らす所、縦横無尽にきらめく刃の光。その刃をくぐって荒れ狂う灰色の獅子、雪の如き白馬にまたがる紅顔の美少年。

「日東男児山内日出男これに在り」

高らかによばわる声におどろいた塔上の英雄は、きっと眼を見はり、

「うむ！　日出男か！　頼もしい奴！　よくも来てくれた！」

彼は腕を扼《やく》してすっくと立った。

「おお！　あれは何だ？」

たちまち見る！　エニセイ河対岸にあたって、今しも炎々と上った猛火の渦巻き！　つづいてひびき渡る轟然たる爆竹の音！

「さては、守備兵達は新手を加えたと見える。それっ！　一刻も早く！」

扉《ドア》を蹴って駆け下りんとする一刹那、ぱらぱら前に立ちふさがった二、三の人影。

「山内！　どこに行く」

その人影は明かに警備の兵士である。

「云わずとも知れたこと。獄を破って脱走する所存じゃ」

「愚か者！　命が惜しくないか」

三つの拳銃が、彼の面前にきらりと輝いた。

四　敵か味方か

身に数ケ所の手傷を負うた少年日出男は、鮮血にまみれながら、更に屈せず、群る敵をなぎ払い、ひらりと鞍から飛び下りて、城内の梯子段をば、まっしぐらにかけ上る――

「稲妻！　あとを頼むぞ」

命を受けた獅子『稲妻』は、ただ一人あとにふみ止まった。彼は身をもって主を守らんとするのである。

「それっ！　獅子を撃ち取ってしまえ！」

巧みに銃火をくぐって奮闘する『稲妻』のけなげさよ。しかし、彼にはもとより人間以上の智慧《ちえ》はなかった。

今しも一人の守備兵は、鋼鉄の門をば、ギギーと閉め、すきをうかがって、数箇の石油缶に火をつけた。

「仕方がない。すべてものを焼き払ってしまおう」

轟然たる爆発と共に、あたりは一面たちまち猛火の海と化した。めらめらと燃え上る紅《ぐ》蓮《れん》の炎の中に、屹然と立てる古城の姿の物すごさよ。

火を見て怒った『稲妻』は、一声二声、天地もゆるぐばかり怒号したが、そのまま、ひらりと身をひるがえし、深淵の上にそそり立つ巨岩の上に這い上った。

「わが主君の運命や如何に？」

うれわしげな瞳をあげて、火焔《かえん》の古城を見上げた『稲妻』は、ふと、何かの物音に驚かされ、きっと首をもたげてエニセイ河の流れの上を見渡した。

見よ！ 銀波くだくる河上の小波を乗りきって、今しも鞭声粛々、こなたへこなたへとおしよせ来る騎馬の一隊があるではないか。

敵か？ 味方か？ 獅子『稲妻』は、牙をならし、たてがみを振って、屹然とつったった。


父の危急を救った少年日出男は、再び階下に取ってかえしたが、城門はかたく鎖されてぎくりともしない。しかも猛火は城中にせまり、焦熱地獄の修羅場はついに現出された。

「うむ！ 焼き殺すつもりか！」

無念の歯ぎしりをした英雄父子は、再び転ぶように階段をかけ上った。

猛火はついに古城を全く包んでしまった。銅色《あかがねいろ》の月影は凄然としてその猛火の中にかかっていた。

第十三回

一　万事休す

石像の如く、巨岩の上につっ立った獅子『稲妻』は、今しもエニセイの流れを乱しておしよせる騎馬の一隊を見てとり、三度び月に向って咆哮《ほうこう》した。

大河の流れを圧して群《むらが》りよせる一隊は何人か？　早くも先陣はこなたの岸に馬を立て、どっとばかりに喊声《かんせい》をあげたではないか。

忽然と大河に現れ出でたる鞍上の騎手、赤露の守備兵達は息を殺してその一隊を見守った。

「何者か！」

「土匪《どひ》だ！　土賊だ！」

「うて！　うて！　うってしまえ！」

火蓋はついに切られた。

時に、三百にあまる騎馬の面々は、降り来る弾丸を物ともせず、流れを蹴散らして岸に這い上り、城門をめざしてまっしぐらに攻めよせた。

古城にもえうつった猛火は炎々として天を焦し、その光燁《こうよう》大河に映じて悽愴《せいそう》いわん方なく、真に紅蓮《ぐれん》地獄もかくやと思わしめた。

騎馬の一隊を統卒し、これが先頭に立ったるは、身に破れたる衣をまとい、百貫の鉄棒を小腋《こわき》にかかえ、栗毛の馬たくましきにまたがったる怪僧である。

「こりゃ！　毛唐共よく聞け。拙僧は天空侠骨和尚と申す者なり。義人の急を救いにまいったるぞ」

声と共に、百貫の鉄棒は、迅雷の如くぶうんとうなった。あっと云うまもなく、二、三の守備兵は、脳骨を粉砕されて、べたりべたりとへたばった。

「それうて！　うちとれ！」

あわてふためく守備兵共を尻目にかけ、侠骨和尚はからからと打ち笑いつつ、

「馬鹿者め！　身共の体は、鉄砲玉なんどの通るようなくにゃくにゃではないぞ」

猛火に炎々と猛り狂う。古城はその猛火に包まれて、一大火柱の如くつっ立っている。

「稲妻！　主人はどうした？」

なつかしげに和尚の顔を見上げていた『稲妻』は、侠骨和尚の足下にひれふし、しきりに城頭を見上げては大地を掻く。

「おう、心得たり、小英雄はこの猛火の中にあるか」

ひらりと馬から飛び下りた快僧は、側にあった吊鐘の如き巨岩をさし上げ、

「早く、城門をうちこわせ！」

「えい」とばかりに鉄門に投げつけられたる巨岩は、微塵になってうち砕けたが、鉄門の一角には、たちまちぽかりと大きな孔がうがたれた。

剽悍《ひょうかん》無比なる北満州の馬賊の面々、おめき叫んで驀進《ばくしん》する物すごさに、守備の赤衛軍は胆をつぶし、密林の中をめざして、後ろをも見ず潰走《かいそう》する。

「それっ！　城門をたたきこわせ！」

蛮勇侠骨和尚は、百貫の鉄棒をふるって城門をうつこと数十回、さしも堅固な鉄門も飴の如く曲って倒れた。

「それ、今だ！」

炎をついて駆けこもうとすると、一しきりすさまじき物音と共にもえ上った猛火の渦まき！

「あぶない！　駄目だ！」

絶望の叫びが和尚の口からもれる時、城壁の一角は、炎の烈風に吹き飛ばされて、ぐらぐらと崩れ落ちた。

二　呪いの炎

「お父さん、残念です。敵は火をつけました」

「うむ！　焼き殺そうとしているのか！」

英雄父子が、階段を伝って上る時、已に真っ黒な煙が、渦を巻いて上ってきた。

「火の手が城内に廻った！」

「逃がれる窓はないでしょうか」

窓と云う窓は、悲しいかな鋼鉄の扉が固くとざされて、押せどたたけど動かばこそ！

「残念だ！　このまま死んではならぬぞ」

むせかえるような呪いの煙は、執念の蛇のように彼等のあとをつきまとう。

「うむ！　残念！」

彼等は迫り来る猛火に追われて、一階より二階へ、二階より三階へ、三階より四階へと、上へ上へとのがれて行く。

「とうとう五階に来てしまった」

「もう逃れる所はない」

五階にただ一つ明けられたる窓から見下ろせば、脚下は一面に火の海にして、今しもエニセイ河上を押し渡った騎馬の一隊が、長槍白刃乱闘の真っ最中である。

「おお！　あれは天空侠骨和尚の一隊だ。お父さん、御らんなさい。侠勇無比の剛の者が、義賊を引きつれて、僕達を救いにきてくれました」

「うむ！」

父は双顔に熱涙をためて、

「有難い。しかし……」

「お父さん、しっかりして下さい。大丈夫です」

ふと目についたのは、壁間にかかる鉄線の輪である。

「うむ！　救いの縄が見つかった。さ、お父さん、早くこれつかまって下りて下さい。早く！」

「お前は？」

「僕はあとからおります。後ろに火の廻らない先きに、一刻も早く」

「よし、それでは……」

たちまち、鉄線は五階の窓から、絶壁の真下へと投げ下ろされた。

「お父さん、大丈夫です」

父の姿が、四階より三階へと下って行くのを見ると、さすがの勇少年も、思わずうれし涙にくれてしまった。

「おうい！　日出男！　お父さんは助かったぞ！　早く下りろ」

父の声が絶壁のかなたできこえた時、少年はすっくと窓に立った。

と見よ！　呪いの炎は已に裏手に廻り、城壁の一角は、物すごき音響と共にめらめらと崩れ落ちるではないか。

炎をふくんだ風は、噴火山のような煙を運んで五階に押しよせた。命の縄も早や、火焔に包まれて、真っ紅に焼けただれてしまった。

「無念！」

歯をくいしばった日出男少年は、絶望の目ざしをもって下界を見下ろした。

「おお！　貴美子さん！」

彼は目ざとくも美少女の姿を見てとった。乱闘の真っただ中、右へ左へ駒に鞭うつ死の如き勇少女の姿！

「そうだ！　僕は男だ！　生死をかけて飛びおりよう！」

意を決した日出男少年は、黒煙ふき出ずる窓の上へすっくと立った。

「えいっ！」

エニセイ河の深淵を目ざした小英雄は、目もくらむような高塔の真上から、ひらりとばかり身をおどらせた。

とたん、古城の一角は、ぐらぐらと焼け落ちた。

三　さらばエニセイ

ひらりと空にひるがえった小英雄のからだは、あわや絶壁の一角をかすめ、藍をたたえた深淵の真上に落下した。

ざんぶと、数尺の水煙をあげたエニセイの流れは、またたく中に少年の体をのみ下した。

「うむ！　助かった」

再び水上にうかび上った少年は、満身の力を両手にこめ、岸べをさして泳ぎはじめた。

「それ！　今少しだ」

やっと岩に手をかけると、さしもの剛の者も、手負いの出血おびただしく、全身の気力ほとんどつきてしまった。

「うむ！　残念！……」

彼は、歯をくいしばりながら、どうすることも出来なかった。彼は岩をだいたまま、ぐったりと倒れてしまった。

その時は、城外の戦い巳に終り、騎手の面々は、馬を河水に入れ、槍の血潮を洗うべく、思い思いに絶壁の下に集ってきた。


「山内君！　しっかり」

ふと耳もとでよぶ声がする。かすかに両眼をあけると、頭部に包帯をした猛少年が、涙をうるむ瞳でじっと日出男の顔を見つめていた。

「君！　気がついたか。傷は浅いぞ。しっかりしろ」

「佐藤君か！　有難う」

「お父さんは無事だぞ。安心したまえ」

「そうか……き、君は負傷したのか」

日出男は、自らの深手も忘れてしまって、友人の包帯姿を淋しげに見守った。

「なあに、一寸乱闘の際にやられたんだ」

「すまなかったな……」

日出男少年は、しばらくじっと瞑目したが、やがて、思い出したように、

「君、西風や稲妻は無事だろうか」

「うむ、西風は無事だよ……」

「じゃ、稲妻は」

「……」

日出男少年は憂わしそうに、

「君、稲妻は無事だろうねえ」

「……」

「君！　話してくれ。知っているなら……ね、無事だろう。ね、ね、君！」

黙然と日出男の顔を見つめていた猛少年は、この時、ほろりと大粒の涙を両眼にうかべた。

「山内君、その稲妻だ！　稲妻はねえ、君のために、主君のために、名誉の戦死をとげてしまったのだ」

「え？　稲妻は死んだのか！」

顔青ざめた小英雄山内日出男は、力なく両眼をとじて、

「なくなったのかい！　稲妻！」

「……」

「稲妻！　稲妻！　お前はもうこの世にいないのか。お前は一生僕を愛してくれたねえ。稲妻！」

暗然としていたましい友の言葉をきいていた猛少年は、

「貴美ちゃん、その白い布をとってやってくれ。忠臣の壮烈な最後を山内君に見せてやってくれ」

少女貴美子は立って、例の白い布をとった。そこには、美しく秋草にかざられた獅子『稲妻』が横たわっていた。

「おお！　稲妻！」

日出男少年は我れを忘れて起き上った。

「稲妻！　お前は、僕のために生き、僕のために死んでくれたのか。稲妻！　お前は一年の間、淋しい放浪の僕をなぐさめてくれた。数かぎりもない死地に笑って出入をしてくれた。稲妻！　もう一度、たてがみを鳴らしてくれ。もう一度その前足でたってくれ！」

魂去りたる愛すべき従者はついに身動きさえもしなかった。

「稲妻！　なぜお前は死んだのだ」

さすがの英雄も、滝の如く流れ落ちる涙をぬぐいもやらず生なき猛獣の首《こうべ》を抱き、甲斐なき愚痴に暮れて泣いた。

「山内君、仕方がないよ。もうあきらめよう。ね、稲妻は笑って死んだんだから」

夜はほのぼのと明けかかった。青白い暁の光がテントのすきをもれていた。

「古城はすっかり焼けてしまった。あの絶壁の上に、このエニセイの流れの上に、稲妻の霊はいつまでもとどまるのだ！」

猛少年は、こう云って、テントの入口から向うを指さした。

対岸の火はすっかり消えて、エニセイ河の小波《さざなみ》の上には曙の影がほのかにうつろっていた。


一年に亙る冒険旅行は終った。

日東の健児山内日出男は、宿願の通り、父を辺境に救うことが出来た。これは、あらゆるものにまさる喜びであった。が、彼の心は淋しかった。

サヤン山脈を東に、国境を去らんとする日、彼は幾度か後ろをふりかえった。

「西風！　お前も淋しいか？」

愛馬はもの恨ましげにいなないた。旅衣ふきひるがえす夕風よ！

顧みれば、夕陽紅をながすエニセイの河は、大山脈をきってうねうねとつづいている。

「さらばエニセイよ！　稲妻の霊よ！」

日出男はこう云って暗涙をのんだ。

父も、佐藤父子も、蛮勇侠骨の快僧も、緑林好はじめ数百の騎手も、等しく夕日の光に照らされ、秋風に吹かれて愁然とつっ立った。

解説

作者池田芙蓉は、高名な国文学者池田亀鑑のペンネームです。池田亀鑑は、生まれ故郷にある鳥取師範学校を卒業し、地元で小学校教師になりますが、さらに勉学のために上京し、東京高等師範学校で再び学んでいます。卒業すると女子学習院の教員となり、その後さらに東京帝国大学に進学、文学部国文学科を卒業しました。彼は、旧制高等学校から帝国大学入学という、当時のいわゆるエリートコースを歩んだひとではなく、故郷や東京で教員として働きながらやがて最高学府で学ぶという、いわば苦学と努力を重ねたひとでした。この小説「馬賊の唄」も含めて、生活のためなのか幾つかのペンネームで編集顧問を務める雑誌に少年少女向け作品を書いています。おそらく、彼の教師としての豊富な経験と古典文学についての広い知識が、こうした作品を生んだのでしょう。また、苦学しながらも、いろいろな場所で出会ったひとたちとの交流が、ここに反映されているのかもしれません。

一九二六年、池田亀鑑は東京帝国大学文学部を卒業すると、そのまま大学に残り研究生活に入ります。後年、源氏物語の研究者、そして文献学の方法論を日本古典文学研究に応用確立した研究者として、数多くの著作があり高く評価されるようになりました。そして東京大学からは「古典の批判的処置に関する研究」で文学博士の学位を授与されます。また、東大だけではなく、二松学舎や大正大学、立教大学などいくつかの大学の教壇にも立って、多くの後進の研究者を育てました。

この「馬賊の唄」は、実業之日本社の少年向け雑誌『日本少年』（掲載は一九二五年一月〜十二月と一九三〇年一月〜十二月、ただし一部のみ確認）に連載された小説です。山内日出男という美少年が、愛馬「西風」と獅子「稲妻」と共に行方不明の父親を探して、上海からシベリアまで「悪者」を懲らしめながらの大陸縦断冒険旅行をするという大活劇を芙蓉は描きました。そして、日出男の「正義」の影響で、いくつもの友情が芽生え、馬賊たちは次々と義賊に変わっていきます。

本書では、「馬賊の唄」の前篇に相当する部分を収めています。この個所は一九七五年に桃源社が出版していて、ここではその本を底本としました。「馬賊の唄」の後篇は、再び獅子「稲妻」の霊を弔うために、中国大陸の大冒険旅行に向かう日出男のさらなる大活躍を描いています。この旅もまた幾つかの「正義」の戦いと出会いとを生みながら、なんと湖水に潜む大怪獣退治へと向かうことになります。耳の大きな怪獣の絵が、高畠華宵によって描かれていました。ただ、この後篇からは、池田芙蓉とこの挿絵担当の高畠華宵との「合作」とされています。なお、馬賊とは、清朝の衰退で満州各地に勢力を持った騎馬武装集団で、地域や権力と結びつきながら、日本軍との協同協力や武力衝突が繰り返されました。そんな史実も、この大冒険の背景にはあるのです。

（江藤茂博）

✦パール文庫の表記について

古い作品を現代の高校生に読んでもらうために、次の方針に則って表記変えをした。

①原則として、歴史的仮名づかいは現代仮名づかいに改め、旧字体は新字体に改めた。
②ルビは、底本によったが、読みにくい語、読み誤りやすい語には、適宜付した。
③人権上問題のある表現は、原文を尊重し、そのまま記載した。
④明らかな誤記、誤植、衍字と認められるものはこれを改め、脱字はこれを補った。

✦底本について

本編「馬賊の唄」は、池田芙蓉著『馬賊の唄』（株式会社桃源社、昭和50年）、および「日本少年」（実業之日本社、大正14年12月）の一部を底本とした。

✦パール文庫作品選者

江藤茂博〈えとう・しげひろ〉

長崎市出身。高校や予備校の教師、短大助教授などを経て、現在は二松学舎大学文学部教授。専門は、文芸や映像文化さらにサブカルチャーなど。受験参考書から「時をかける少女」やミステリー他の研究書まで著書多数。

✦表紙・本文イラストレーター

山木良〈やまき・りょう〉

北海道出身の漫画家志望。柴犬とおかっぱが大好き。ずっと椎茸を食べて生きていきたい。チャンスがあればイラストの仕事もたくさんしていきたい。ふとした時に思い出してもらえるような作品を描けるように頑張りたいと思っている。代々木アニメーション学院イラストコンテスト入賞者。

パール文庫《ぶんこ》
馬賊《ばぞく》の唄《うた》

平成26年２月10日　初版発行

著　者　池田《いけだ》　芙蓉《ふよう》
発行者　株式会社 真　珠　書　院
代表者　三樹　敏
印刷者　精文堂印刷株式会社
代表者　西村文孝
製本者　精文堂印刷株式会社
代表者　西村文孝

発行所　株式会社 真　珠　書　院
〒169-0072　東京都新宿区大久保1-1-7
電話(03)5292-6521　FAX(03)5292-6182
振替口座　00180-4-93208

© Shinjushoin 2014

ISBN978-4-88009-610-0
Printed in Japan
カバー・表紙・扉デザイン　矢後雅代
イラスト　山木良（代々木アニメーション学院）

「パール文庫」刊行のことば

「本」というものは、別に熟読することが約束事ではないし、ましてや感想文や批評をすることが必然なわけでもない。要は面白かったり、楽しかったりすればいいんだ。そんな思いで「本」を探していたら私が子供のころに読んだ本に出会った。

その頃の「本」は、今のように精緻でもなければ、科学的でもない。きわめていい加減だ。でも、不思議なことに、なんとなくのどかでほのぼのとして、今のものとは違うおおらかさがある。昔の本だからと言って、古臭くない。かえって、新鮮な感じさえするし、今とは違う考え方が面白い。だから、ジャンルを限定せず、勇気をもらえたり、心が温かくなるものをひろって、シリーズにしてみたいと思ったのが「パール文庫」を出そうと思った動機だ。

もし、昔の本でみんなに読んでほしいと思う作品があったら推薦してほしい。

平成二十五年五月